相约名家·冰心奖获奖作家作品精选

高长梅 王培静／主编

刀剑笑

纪富强 著

九州出版社 全国百佳图书出版单位
JIUZHOUPRESS

图书在版编目（CIP）数据

刀剑笑 / 纪富强著. -- 北京：九州出版社,2013.5（2021.7 重印）
（相约名家·冰心奖获奖作家作品精选 / 高长梅，王培静主编）
ISBN 978-7-5108-2065-6

Ⅰ.①刀… Ⅱ.①纪… Ⅲ.①小小说 – 小说集 – 中国 –
当代 Ⅳ.①I247.8

中国版本图书馆CIP数据核字（2013）第084701号

刀剑笑

作　　者　纪富强　著
出版发行　九州出版社
地　　址　北京市西城区阜外大街甲35号（100037）
发行电话　（010）68992190/3/5/6
网　　址　www.jiuzhoupress.com
电子信箱　jiuzhou@jiuzhoupress.com
印　　刷　北京一鑫印务有限责任公司
开　　本　710毫米×1000毫米　16开
印　　张　10
字　　数　144千字
版　　次　2013年5月第1版
印　　次　2021年7月第5次印刷
书　　号　ISBN 978-7-5108-2065-6
定　　价　36.00元

出版说明

　　冰心是我国现代文学史上著名的作家，她的儿童文学作品和散文在中国文学史上占有重要位置。

　　这里所说的"冰心奖"包括"冰心儿童文学艺术奖"和"冰心散文奖"。

　　"冰心儿童文学艺术奖"创立于1990年。创立以来，它由最初的单一儿童图书奖，发展为包括图书、新作、艺术、作文四个奖项的综合性大奖，旨在鼓励儿童文学作品的创作出版，发现、培养新作者，支持和鼓励儿童艺术普及教育的发展。其中，"冰心儿童文学新作奖"与"宋庆龄儿童文学奖"、"陈伯吹儿童文学奖"、"全国儿童文学奖"并称国内四大儿童文学奖。

　　"冰心散文奖"是一项具有权威的全国性的散文大奖。冰心生前曾是中国散文学会名誉会长，"冰心散文奖"是遵照其生前遗愿而设立的，旨在彰显我国散文创作的成就，不断评选出题材广泛、思想敏锐、着力表现现实生活，创作形式风格多样的优秀散文。"冰心散文奖"是与"茅盾文学奖"、"鲁迅文学奖"并列的我国文学界散文类最高奖项，也是中国目前中国散文单项评奖的最高奖。

　　《相约名家·冰心奖获奖作家作品精选》共收录近年来荣获"冰心儿童文学艺术奖"和"冰心散文奖"的三十位作家的作品。这些作品无论是小说还是散文，或抒写人间大爱，或展现美丽风光，或揭示生活哲理，或写实社会万象，从不同角度给青少年读者以十分有益的启迪。

　　随着中小学课程改革的深入与发展，让中小学生多读书、读好书早已成为共识。我社推出本套大型丛书，希冀为提升中国的基础教育、为青少年的健康成长尽一份力。

九州出版社

目 录
CONTENTS

第一辑

錯写的情书

错写的情书

高三那年，我忽然爱上了写诗。那段日子，我满怀豪情地以为，自己是那种随便一写就能成名成腕儿的人物。至少写几篇东西在市报上发发总没问题吧？于是等我把几篇"分量"极重的作品寄给几家报社后，就开始了迫不及待地守望。我几乎天天跑到校收发室里查看信件。哪怕他们给我来一封热情洋溢的退稿信呢？我想。可没有，什么都没有。我的那群青春小鸟从此一去不回头。

面对堆积如山与我无关的信件，我渐渐无地自容又恼羞成怒。我开始不再从家里偷烟给收发室的老头儿，开始当着他的面骂很嫩的粗话，摔打他那把破旧的暖壶，甚至我还扬言，谁要下季度还敢订那几家报纸的话，我就扎破他们的自行车胎！

一个人要做起文学梦来，那大概不折腾个半死不活是不会善罢甘休的。挫败使我不再挑灯夜战，而是把写作地点改成了课堂自习。有一次，我绝对不是瞎吹，在政治测试时我在最后一道问答题的空白处写就了一篇激情四射的科幻小说，名字叫作《四大星球》，人物皆用真名实姓。只可惜试卷留白太少，即使用完了反面，我仍是没能写完最后的结局（理科大都视该科为鸡肋）。结果三天后的政治课上，我们柔弱的女政治老师，竟然当着全班65名学生的面嘤嘤地哭了起来。她说我们班里出现了建校以来最大的奇闻！随后，她即命我走上讲台，手持试卷将这篇小说向全班同学高声朗诵一遍。我见事不妙，坚持不读，却见她气得花枝乱抖。而当我无奈地投入地读起来后，她却再也控制不住情绪，大哭着跑出了教室。

我的成绩一落千丈，全家惊慌。而我却仍旧沉浸在自以为是的作家梦中，啸傲文坛，飞扬跋扈。我仍旧执着地往校收发室跑。

那个夏天的守望终于迎来了意想不到的收获。有一天，我在信堆里竟发现了一封写给我们班长杜平的信！信封上的字歪歪扭扭，像遭了风吹，统统偏向一个方位。关键信皮右下方的地址居然是我们班级！奇怪啊？！会是谁给自己班的同学写信呢？我把信紧紧握在手心里，偷出来，飞跑到操场里悄悄打开了它。这其间，我充满了自责和愧疚，感觉像做贼，但我又实在按捺不住那些活蹦乱跳的好奇和多疑。

信，真的是一个女生写来的！我的直觉一点都没错。但令我吃惊的是，写信人是班里一个很不起眼的女生。外号叫"豆芽"。她成绩一般、长相一般、身体极瘦，平日里沉默寡言，怎么看也不像是"那种人"呀——看得出，她在暗恋班长！

我不只觉得惊讶而且觉得不服。凭什么豆芽只暗恋班长呢？班长又有哪里比我强呢？尽管我根本不喜欢豆芽！

说来也怪，此后很多个夜晚当我反复揣摩那封月朦胧鸟朦胧的信时，都有一股股酸流涌遍了全身。

我决定给豆芽写信！信不署名。但我把所有的文学才华都倾注在了这个恶作剧上。我惊奇地发现，豆芽很快就变了一个人。她会微笑了，嘴角露出那弯浅浅的月牙时，竟很好看！甚至一个周末，豆芽从老家回来，竟破天荒地穿了一件连衣裙！

我清晰地记得，在我写完第8封情信的时候，我喜欢上了豆芽。这是多么的不可思议！可我就像中了蛊，经常盯着豆芽消瘦的背影出神，迫切想看到她的一举一动。我发现她的眼睛原来是那么明亮，腿是那样修长，刘海是那样俊秀……每每她情不自禁地颔首微笑，都像在我阴郁的心间划亮了一根火柴……我想我的信她全都读到了，她喜欢那些水粼粼的诗句和热辣辣的抒情。她也一定深深地爱上我了！

更叫绝的，我每一封信几乎都让豆芽成绩提升一个台阶！眼看我的成绩举步维艰，她反而一举冲进了班里的前十五名。有一次，我俩居然考了并列第十名！能和日新月异的豆芽并列真让我兴奋！我当时就想，要是我们俩能考中同一所大学该多好啊！到那时，我就向她勇敢地表白，请她原谅我善意的过错。我们一定要手牵手做一对真正的恋人！

高考"唰"的一声就结束了。我、豆芽都考上了大学，班长还进了名牌。不过，我还未来得及高兴就获知了一条十分不幸的消息。我沮丧极了！想死的念头都产生过好几次。那简直就是我一生当中最黑暗的日子了。大一暑假，我和班长在母校篮球场上邂逅。很快，豆芽也来了，她远远站在场外，冲班长挥挥手，班长扔掉篮球，跑上去一把将她抱起来！我看到这时的豆芽已经蓄起了长发，美得如画中仙子。

篮球场边的女孩儿

女孩儿究竟何时来的，我一点都没察觉。

当时我和所有人一样，正懒洋洋地奔跑在生硬的水泥地面上。投球、抢断、投板，都像在打太极拳，有气无力，形散神也散。

八月的下午，即使太阳偏西，温度依旧生猛。我们篮球场上的几个哥们像被晒蔫了的鱼，经过一番折腾都已奄奄一息。可女孩儿和红T恤的出现，即刻像一场从天而降的大雨，浇醒了所有萎靡不振的人。

不得不承认，红T恤的球打得可真不错！因为被分成对手，我几乎使出了浑身解数与之周旋，结果还是被他身高上的优势和出奇的速度抢得先机，投篮频频命中。

红T恤不时朝场边的女孩儿挥着手，动辄还高叫一下她的名字"韩旭"！我看到女孩儿正擎着一把浅粉色的太阳伞，脱掉了银色高跟凉拖安坐在场外，微笑着望向这里。我的心刹那间像那个充气过足的篮球，蹦跳得有些失控。我可以发誓，我从来都没有见过这么漂亮的女孩儿。她脑后扎一个羊角小辫儿，额前秀发从一侧随意倾斜向另一侧，大眼睛、高鼻梁，小巧的红唇，上身一件麻纱的飘逸红白花短袖衫，下身穿一件短小精悍的七分牛仔裤，露出一截白藕似的脚踝。整个人看起来青春、清纯、时尚、乖巧，还有那么一点点性感。

我的心情随着女孩儿的眼神跌宕起伏，我能感觉到她无时无刻不在全神贯注地观看着这场并不精彩的球赛，甚至连我跑出场外捡球或发球时，我竟看到她的微笑同样向我绽放。我觉得了前所未有的兴奋和甜蜜，球技也有了超水平发挥！我开始热衷于跑圈、远投，一次次飞身经过女孩儿身边，让我脚下的风惬意地扇动起她额前的发。比赛这才真正进入了高潮。

意外是突然发生的！红T恤在一个跳投时被我拼抢倒地，我还没反应过来，女孩儿早已飞身进场，一脸焦急。红T恤面色扭捏而痛苦，被我们几个搀扶着下场，却用普通话大大咧咧地告诉女孩儿自己没事，受点伤不值一提！女孩儿却脸色彤红，眼睛里落下泪来。我发现她刚才竟是扔了伞赤脚跑进来搀扶红T恤的。此时的我浑身像过了一道酸楚的电流，整个人几乎立时麻木了。我把球胡乱地摔向篮板，不知所措地站在原地。

红T恤一下场，所有人又恢复了萎靡和懒散。我低头环视，发现所有人也都对红T恤艳羡有加。我们气力全无，干脆都歪坐在水泥地上，不时扭头望着女孩儿和红T恤……

骄阳似火，口渴难忍。我那时，是多么羡慕那盏小小花伞下的那一小片荫翳，羡慕他们的喃喃私语。后来，红T恤开始拿出相机为女孩儿照相，继而他竟把相机递给了我，让我为他们合影。我手里端着沉重的海鸥牌照相机，从调景框里久久地端详着女孩儿。我猜测他们一定是放了暑假的大学生，女孩儿八成就是本地人，而红T恤则来自于另一个城市。

八月的天空出奇的湛蓝，似乎并不真实，八月的中学操场荒芜而又喧闹。在经历了连续几场假期的雨水后，远处偌大的足球场上野草肆虐遍布积水，练体育专长的孩子们像一群蚱蜢飞驰在另一侧的跑道上——"咔"！随着相机一声脆响，我平生第一次被别人的爱情击中。这从此也拉开了我长久偏爱篮球场边的女孩儿的历史性序幕。从此以后的许多年里，我打过无数场篮球，接触过形形色色的球友，看见过不少静坐篮球场边的女孩儿，我对她们都无一例外充满喜爱。喜爱她们特有的安静，喜爱她们的盲目崇拜，更喜爱她们的真纯甚至对篮球运动的无知——我抬起头来望向天空……我想我永远也忘记不了这个夏天了，我永远也不会忘记这个让我怦然心动的女孩儿了。她像一阵柔和的微风，轻轻吹过我年少的心头。虽然时至今日我仍无从知道她的名字，她是哪里人，多大了，是做什么的。但她对男友用情的真挚和热烈，让人记忆深刻。

也许，她只不过是一个再普通不过的女孩儿，但因为有了她，我记忆里的那个夏天就是永远的懵懂和羞涩，美丽和飘逸。她几乎是我成长的一个标记。

数年以后，我偶然读报看到一个女孩儿因杀人而被执行枪决，报纸上有案件报道和嫌疑人的几幅照片。我愣愣地看着它们，对自己轻轻地说，不，这不是她。

纯爱的丝缕

那时候，他刚刚接手班级，就有学生偷笑他的莽撞。他总是在上课铃响后，才恍然发觉忘记带图纸、试管，或是药剂，急得满头热汗。

他姓毛，同学们叫他"毛毛虫"。他听了，从来不恼，微微一笑，憨厚大度，开朗英俊。惹得好多女孩子一边说着他的坏话，一边情不自禁地失态……

他的课上得异常精彩。战火味道消失了，紧巴巴的空气舒缓了，气氛从来没有过的活泼，人与人之间，一下子出现了大面积的和谐。不单繁复陈冗的试剂、分子式被他讲得妙趣横生，诗词歌赋经棋书画竟也能张口即来。还有时事、地理、武术……在同学们眼里，几乎没有年轻的他不晓得的。大片大片和蔼的阳光、纯洁无瑕的白云和一朵朵五颜六色的花草飞进教室。于是，"毛毛虫"的课堂成为了校园里的"经典"。

他是个有心人，注意到自己的大意，通常是由同一个默默无闻的女生抢先弥补。她——

她，长得太美了。美得年轻的他，竟一时找不到合适的词来形容。像樱花般娴静？像荷花般秀雅？像菊花般清傲？像桂花般珍稀？像海棠般炙烈？像兰花般低语？像茶花般深沉？……

都不是。他自己也不知道她应该像什么，就算一切美好的事物中都有她的影子吧？

他的出色和英俊果然就招致了风波。

有哪个女孩子不喜欢他呢？信件，卡片，风车，千纸鹤，小小糖块、点心，一切能在女孩子们手里嘴里出现的东西统统都出现在他的抽屉里。往往，课还没上，教桌上就摆满了好吃的和各式各色的信笺……他也恍然，内心激荡不已。好久稳住阵脚，才渐渐融入到他的世界里，任飞扬跋扈的才情来涤荡一切的一切……

闲时，打开那些信。蹦跳出五颜六色的字迹和那些形形色色的脸。他看得一会儿笑，一会皱眉毛，一会儿大摇其头。

其实——他的心还是被一次次狠狠地揪起。

是她！

那个连自己也不知道该怎么表扬赞颂的女孩子。

令他想象不到的是，那么文静清傲的她，信，写得最多；卡片，寄得最美；偷放点心糖果的人里，也时时处处有她！

尤其她的信，不依不饶。甚至在他佯装瞪眼发火令大多数女孩望而止步的时候，来得更凶。更加炽烈、更加执着、更加浩渺无边。

他拿她没有办法。每次放学，他都用忧郁的眼神悄悄送走她失望的背影。

然后，亮一夜的灯。

有一天。是夏天来了。校园里的芙蓉树上到处绽放着粉红色的小伞。她鼓足勇气走到他面前。

"毛老师，您知道那芙蓉树上散落的是什么吗？"

他想也没想，说："是美丽的芙蓉花呀。"

"不！"她说，"那上面密密麻麻吊满了毛毛虫！"

他刚要笑，却听她哽咽着说："是毛毛虫用心，一点一点吐出的丝缕……无处不在的思念的丝缕！……"

他张大了嘴巴，惊讶得不知该说什么才好。

不敢对视她汪满泪水的眼眸。

她咬着薄薄的嘴唇颤抖着逼问他："毛老师，您看到了吗？您懂不懂？！……"

他硬了口气道："不懂！"

然后模糊地看她，渐渐跑远。

几声雷过，战火燃烧了整个六月、七月……

几声燕呢，岁月更迭了数个两年、三年……

再次见她，他有些不敢相信了。她坐的是进口车，穿的是名牌衣，连笑容都是一幅赛春图，时时处处溢满了幸福。而他，却成了校友会上一个令人侧目的反面"经典"。

"有什么啊？年轻时挑花了眼，运过了头，至今还是一个人过呢！"……

她听了，和众人一起笑，开怀大笑。笑得美丽的脊背在太阳底下弯成了弓形。

她们放肆地呼喊着"毛毛虫"的外号，将酒进行到深夜。

深夜。待人群散尽，他才颤巍巍地取出那些他熬了几千个暗夜，用心、用思念和血，凝成的文字。

一炷青烟，缭绕迂回，散了，淡了——

那些空气中轻舞飞扬的纯爱的丝缕。

涟漪

轮到杜陈青枫了。他弓下身子，紧攥玻璃弹，眼睛眯成一条直线。但随即又停住了，像只兔子，重新直起身子，转头望向操场的另一边。

操场另一边，有高高的六棵大白杨树。远远的，一个头扎白色小花，身穿藏蓝色裙子和白色长筒袜的女孩儿，跟一个又矮又胖的男人走过来。

姚栋第一个喊道："杜陈青枫，你看上柴小絮了？！"

杜陈青枫撇了一下嘴，没说话。仍然望着那边。

这时候，顾建东也等不及了，问："杜陈青枫，你到底走不走？"

杜陈青枫极不情愿地发出玻璃弹，情绪明显低落下来。

他用眼睛的余光注意到，柴小絮走到这边时，似乎朝这望了一眼，步伐明显慢下来，她几乎是被大人拉着拽着回家去的。

杜陈青枫沮丧地抬起头来，望着操场上静静伫立的六棵大白杨树。看起来，它们是那么安静。可实际上，它们头顶上的树叶，却在耀眼的夕阳里哗哗地翻转着。

姚栋的声音再次高起来："我又赢了！杜陈青枫，你还敢玩吗？"

杜陈青枫一反常态："不来了，没意思！"

顾建东讥讽说："柴小絮来了就有意思？她们只会跳皮筋。"

姚栋说："就是！"

杜陈青枫站起来，用力拍拍膝盖上的尘土，转身前狠狠地扔下一句话："我最烦柴小絮那个胖爸爸了！没意思！"

杜陈青枫背着书包，慢腾腾地踢着石子往家里走。猛一抬头，却见柴小絮正从前方不远处朝自己走过来。

"杜陈青枫，我想借你的作业本看看。"

"不借！"杜陈青枫看也不看柴小絮。

"不借拉倒，我借姚栋的！"柴小絮说完，并不急着走，仍拿眼睛瞟着杜陈青枫。杜陈青枫置之不理，三步并作两步地跑掉了。

奶奶还在厨房忙活，爸爸陪妈妈去省城看病还没回来。杜陈青枫望着作业本久久发愣，他其实刚才很想问问柴小絮，为什么半周都没来上课？在三年级（2）班，还有他班长不能知道的事情？

还有，杜陈青枫最烦见到柴小絮那个又矮又胖的爸爸。他从来都不会笑，看人的时候直盯得你心里发毛。

奶奶终于做好饭菜了，可杜陈青枫还一个字都没写。恰在这时，门口有响动，是爸爸妈妈回来了！

爸爸回来后的第一句话，竟对杜陈青枫说："先别急着吃饭，我们去趟柴小絮家。"

杜陈青枫嘟着嘴说："我不去，我做作业。"

爸爸一脸凝重："必须去！很快就回来。"

杜陈青枫没办法，只得跟在爸爸屁股后出了门。他一路低着头走路，很快穿过不远的街道，来到那有两棵梧桐树的家门前。

门没锁，杜陈青枫跟爸爸一进去就感到异样。四处静悄悄的，没有人说话，甚至连油烟和饭菜的气味都没有。

越往里走越黑，穿过狭窄的过道，走进堂屋，杜陈青枫一眼就看到那个又矮又胖的男人，深深埋着头，正望着交叠在腹部的两手，陷在一张旧沙发里。

透过卧室漏出的一点光亮，杜陈青枫望见柴小絮正背对着自己，趴在写字台上做作业。

爸爸默默地走过去，拍拍柴小絮爸爸的肩头。杜陈青枫以为这一下，会把那个几乎睡着的人拍醒。但他错了，柴小絮爸爸依然保持那个动作，只是将低垂的头木偶似的晃了一下。

杜陈青枫觉得自己就像个累赘，他实在搞不懂风尘仆仆的爸爸为什么非要带他来这里。他站着没动，等适应了光线，一抬头，竟将自己吓了一跳！

就在他正前方的墙壁上，赫然挂着一副电脑屏幕大的相框。相框上是一节两端绾着大花的黑绸，里面正有一个好看的女人张开嘴巴朝着他笑。这笑，他太熟悉了。就跟柴小絮的，一模一样！

是柴小絮爸爸送他们离开的，杜陈青枫临出门前特意又看了一眼那个又矮又胖的男人。他的脸，非但不会笑，而且白得就像个鬼。

第二天，杜陈青枫一连从操场上那六棵大白杨树下走了五个来回。

每一次，他都有意无意地望着跳皮筋的柴小絮。柴小絮也不时用余光看着他。最后，杜陈青枫终于走到柴小絮面前说："放学后你来我家，我把作业本借给你！"

说完，杜陈青枫掉头就跑。

放了学，杜陈青枫甩开姚栋他们，一个人跑回家里。大气还没喘匀，柴小絮已经跟来了。

杜陈青枫搬只椅子，踩上去，将藏在立橱上的一把瑞士军刀摸下来，用袖子仔细擦干净，双手塞给柴小絮说："拿回去给你爸爸，我送他的！"

柴小絮盯着这把瑞士军刀，迟迟并不伸手。

"不要！"她忽然喊道。

她眼睛里，迅速涌出两团泪花。

光板球拍

一中汪宗玉老师，练得一手好球。

每次去校活动室，眼瞅满屋人头，宗玉撸把袖子一登场，简直所向披靡！任你耄耋老者，抑或垂髫小儿，统统三下五除二，稳拿！不足挂齿。

宗玉打球，那是有渊源的。

六岁拜师，八岁打比赛，十岁领衔小学乒乓球队，他曾先后摘得全县少儿乒乓球赛单打桂冠，勇夺地级初中组单打第一名和双打第二名的好成绩，成功五次蝉联县少年组单打比赛冠军。

宗玉打球，横、挡、推、削、劈、砍、杀，一招一式，一点一拨，那皆是明门正宗，风范归整。练家子领教了，嘴上虽不说，心里头却是服服帖帖的；业余玩家每每吃到了苦头，总也免不了脸红心跳，退至左右，频频拾球，以避尴尬。

多数像我这样的球盲，只能驻足傻看，任脑袋摇成拨浪鼓，凭空里爆出声声"好"字来。

要不是宗玉母亲早逝，对他打击过大，说不定，宗玉早被某名牌大学特招了。而不是像我一样，中专毕业，来这所乡镇中学当教书匠。

就有一天，二中的几位老师慕名前来，指名点姓要与汪宗玉老师"决一死战"。我们听了，寒毛直立，随即自发组成啦啦队，浩浩荡荡拥向活动室，要为宗玉呐喊助威。要知道，素日里，我们一中与二中的各项竞争都进行得异常惨烈，那些日子，他们刚刚在一场数学竞赛里输尽颜面，这次八成是想在打球方面捞回丢掉的自尊呢。

宗玉还在上课。但已有老师按捺不住，先期上场与二中选手较量上了。没想到，在我们山呼海啸的呐喊声里，他们迅速接连败下阵来。最后，我们竟亲眼目睹王副校长被对手一球击中眼角，顿时，眼泪、汗水和着通红的鲜血流满了王副校长雪白的衣衫。

就在我们惴惴不安时，宗玉终于昂首阔步冲进大家的视线里。

——看过那场球赛的人一定还清晰地记得，那真是一场空前绝后的好戏。宗玉出神入化的精湛球艺，在那次生死鏖战中发挥得登峰造极、淋漓尽致。那二中自诩的几位乒乓好手，别看乍一上来耀武扬威，扫、扇、敲、吊，耍得有模有样，可一旦跟宗玉短兵相接，立马就变作了呆瓜，几乎没来得及有任何抵抗，就被宗玉密不透风的快削和暴风骤雨似的扣杀灭得晕头转向、气焰全无，狼狈鼠蹿。

整个赛程历时之短，斩杀之干净、利落、轻松，让我们都不禁反过来，对二中老师产生了些许怜悯之情。

活动室里沸腾了。我们把英雄似的宗玉团团围住，高高抛将起来，偌大的屋子里，荡漾起欢腾的海浪。

转眼，又是一年金秋。学校分来几位年轻教师。其中一位，名唤尚庆义，这人塌鼻小眼，五短身材，论外表比起身材高挑、浓眉大眼的宗玉来说，差得太远了。可偏偏应了"天外有天，人外有人"那句老话。宗玉的球技，遇到对手啦！

起初，年轻的尚老师只是轻声走到宗玉身旁，号称"学两招"的。可谁能料到，尚老师一出手就打了宗玉一个措手不及呢？而尚庆义用的，仅仅是一副光板。

也就是说，尚老师手中的球拍上，根本没有橡胶。那是一副赤裸的三合板！那他是如何轻松接住宗玉刁钻的来球，并在电光火石的瞬间里一一拆解、回击的呢？没人晓得。这在大家眼里，迅速成为一个科研难题。

宗玉脸色遽变，与对方互换场地，再比，还输，输得更多，屡战屡败，几乎气疯了！尚老师不但完全不吃他千变万化的旋球，而且每每擅长在关键球的处理上高人一筹，使得比赛峰回路转，柳暗花明。有一次，眼看宗玉的杀球已击到对面的墙壁了，尚老师倏忽一个转身，整个身体立时倾斜90度，双腿蹬踏墙壁，半空中一挥手将球击个正着！

那一球的风情，着实迷煞了不少观众。许多女孩子当场就失声尖叫出来，一点都没顾及宗玉的面子。从此，校活动室墙上的一双鞋印，成为终结宗玉风光的一个标志。

而两位正式结下梁子，还在尚老师接过宗玉教过的两个班后。说来也怪，那两个班的成绩像插了翅膀，嗖嗖上长。潇洒的宗玉，从此陷入沉默。

不久，宗玉父亲竟查出了胃癌！宗玉痛不欲生。学校师生纷纷捐款，只有尚老师除外。更糟的，因为宗玉一时疏忽，没把钱及时带回，一夜之间，抽屉里的五千捐款，竟然不翼而飞！

风波扬开，全校震惊。宗玉自然把嫌疑对象指向了尚庆义。

直到有一天，出乎所有人意料，宗玉居然在临桌谢敏老师的抽屉里发现了钱款！原来，宗玉抽屉太满，抽拉时将装钱的信封由中缝挤到了临桌抽屉里，而谢敏老师吓坏了，一直未敢吱声……

消息传开，无不唏嘘。宗玉更是羞愧得无地自容。他多次想托我们几个帮他向尚老师道歉。无奈，他死要面子，我们也实难开口。

不过，我们倒是帮宗玉谋划了一场特殊的比赛。这场比赛，没有掌声，没有观众，没有纷扰，只有他们两人粗重的呼吸和铿锵的击球声传遍了大半个校园。

不多日，我们就看到，那把残破的光板球拍出现在了宗玉手上。询问之下，宗玉笑着对我们说，我有两个好消息要向你们宣布：第一，我打赢了尚庆义；第二，你们知道吗，尚老师以前是个孤儿，可他现在，有一个亲哥哥了！

丢失的初吻

十四年前，我在警校念书。

第二学期学习摄影课，着重掌握对痕迹物证的拍摄和取证。

除了打枪，恐怕把玩精密相机就是当时最令我们兴奋的事儿了。

我们三五成群，自愿结合，去操场，去树林，去工厂，甚至去坟头，去臭水沟，制造假定现场，然后练习拍摄。

我和大民两人一组，练习得相当顺利。并且利用剩余胶卷，互拍了一些自以为很福尔摩斯的照片。

接下来，就轮到上冲洗课了。

这课更为简单，听教官说就是去暗室里，亲手用显影液冲洗出照片。然后找出差距，弥补不足。

大家跃跃欲试，排好队伍，叽叽喳喳走进亮着日光灯的暗房。

随即，教官制止了所有喧哗，开始强调课堂纪律：

"所有人从现在开始一律不得说话，要迅速自行分组，找好显影罐、卷片盘、温度计、量杯、夹子、裁刀等必备工具，等待我的口令！"

教官说完，暗房里立即响起一片叮叮咚咚的响声。我仍和大民一组，我抱相机，他拿工具，很快准备完毕。这期间，大民随口向我说了句："可惜了，还有几张底片没照完。"

大民话音刚落，教官的吼声立即响起："刚才说话的那位同学，请你出去！"一时间，所有目光射过来。大民异常窘迫，随后万分沮丧地看了我一眼走出暗房。

这下，没人再敢说话，纷纷蹲下准备开工。暗房里迅速沉寂。

"有事情，可以打报告！谁再敢违纪，看我怎么收拾你！"素有"野兽"之称的教官再次放出狠话，随后"吧嗒"一声关掉了屋里的灯光。

意外，就在这一刻突然降临。

灯光倏地熄灭，暗房霎时陷入漆黑的深渊。所有人眼前模糊一片，女生们下意识地喊出一阵"啊"！与此同时，有只手紧紧抓住了我的胳膊。

那是一种我一辈子都不会忘记的黑暗。

无边无际，如潮浪涌——让人孤独，让人胆寒，让人惊恐，让人窒息，让人晕眩。让人仿佛一下子从人间坠落到地狱。

我迅速攥紧了胳膊上的那只手。它一直都在抖，直到这时我才明白身边是个女生。两只手也越攥越紧。

我们都以为能逐渐适应黑暗，可我们错了。我们毫无心理准备，苦撑的结果反而像溺水的人，等来的是加倍的绝望。专业暗房毫无光线，加上周围死寂一片，既潮湿又阴冷，我们这时才悟出冲洗课的真正含义，它挑战的竟是人的生理极限。

有抽泣和压抑的呻吟低低地传出，有急促的喘气声在胸腔里呼啸，就在我也感到快要崩溃的时候，怀里突然多了一个温热的身体。我来不及多想，一把抱紧，嘴角又已触到了一张薄透冰凉的唇——

我不骗你，那是我的初吻。

在这之前，我曾和童年的异性伙伴亲过嘴。但那不一样。这个吻，让我第一次洞晓了舌头除去吃饭以外的天大秘密。

原来，舌头也能握手，能拥抱，能舞蹈，能飞翔，能燃烧，能在惊恐陷落中进行救助，能在天崩地裂时实施救赎，能让人不知不觉地从地狱飞升到天堂。

"大家注意了，开始冲洗！"

黑暗中教官的话，忽然像道狰狞的闪电，霎时将我怀中的身体夺去。我甚至还没反应过来，下意识慌忙端起相机，却又不得不无奈地垂下手臂。我知道，大民相机里还有胶卷，可如果我摁动了快门，同学们的底片将就此报废，而等待我的也必定是教官的一顿教鞭。

她就这样消失了，我的天使。我舌尖上还留有她淡淡的芳香，怀抱里还留有她微微的余温。可我竟然荒唐地不知道她是谁……

出了暗房，大民翻看着照片表示很满意。但我低落的情绪也让他很意外。

"我又没怪你。看，脚印真清晰，我俩多帅！"

我走神了。我的大脑、眼睛、鼻子、嘴巴、毛孔，无时无刻不像猎犬一样四处焦急地窥探着。全班共有八名女生，到底会是哪一位呢？

从外表上，完全看不出来。她们一回到阳光下，就立即举起照片遮挡住强烈的光线朝宿舍跑去。她们每一个人的身段，都是那么优美。

我太痛苦了！说出来，谁会相信呢？在女生贵如国宝且严禁恋爱的警校里，在我们性别严重失衡的班级里，居然有一个女生主动拥抱并亲吻了我！不管是出于什么原因，我们都曾经是最亲密的人。

从此以后，我守着这个秘密，始终都在小心翼翼地寻找着。八位女生，个头相当，身材匀称，各有魅力。每个人都像，可每个人又都不像。直到有一天，我沮丧地想到，对方会不会也不知道亲吻的是谁呢？

毕业那天，聚餐时都喝醉了。我单独到女生那桌敬酒，提议以一对八玩石头剪刀布的游戏，谁输了回答对方一句实话。结果，我最后输给了她们老大。

老大借酒笑问："我们八个人中，你最喜欢的是哪个？"

我鼓足勇气回答："如果我的心是一张底片，那它冲洗出的，是我永远的初吻。信不信？我一直稀里糊涂地暗恋着你们八个！"

老大听完先是笑，接着却哭了。继而其余七个人也哭了。

她们，全都哭了。

跨越时空的爱恋

吴芬收到一封信。

打开一看，傻了，竟是封地道的情书。

"那日街头，最是难忘。天气太凉，遇见你，却如穿了皮袄。世间怎会有那样一个你呢？"

这封信，既简约，又浪漫，而且纸张竟还带了香味的。会是谁呢？谁这么多情？谁又这么无聊？吴芬笑笑，将信弃之一边。她实在太忙了。工作让她焦头烂额，无暇他顾，别说是一张莫名其妙的短笺，就是火辣辣的鲜花攻势她也未必会让自己心动。

可是，信件还是一封接一封地来了。

"叶落知秋，你是否见到那片凋零的落叶？我在窗子里凝望，回忆你美丽的容颜和那个逝去的秋天。"

"杨花落尽子规啼，闻道龙标过五溪，我寄愁心与明月，随君直到夜郎西。你果真要走吗？我思念着你。"

文字，一如先前的凝练与婉约。如溪水里洗过，月光里浸过，微风中拂过。竟让吴芬的心头当真漾起一阵涟漪。

看来，此人绝不简单。文字里有意境，心里面有深情。该是个极富涵养、气度不凡的男子。是谁？吴芬陷入沉思。圈里圈外，并没有这样的男人呀。

这些信来址不详、没有邮戳，字迹是打印的，径直寄到筒子楼206来。这里楼虽破，但门号清晰。不会错投。

吴芬感觉不可思议，立即留心所有的熟人，没有发现任何目标。

吴芬是去年冬天搬过来的。此前房主是位小伙子，跳槽走了。吴芬一直是一个人在寂寞而忙碌地生活着。

于是吴芬叮嘱门卫老赵，要他下次一定稳住送信人。她有急事找他面谈。

可下一次，老赵没能留住来人。老赵说："没办法，这次是个孩子，把信丢下就跑。我怎么喊他都不听。"

吴芬苦笑着摇头，打开信件。"月台并不拥挤，可我滑了一脚，摔了。这次回来，独独没有你。我躺在床上，思念像默哀的海。"

吴芬揣起信，默默走回屋子，无心做饭，却枕着冷月睡了。

终有一天，老赵的蹲守有了收获。他把一个三十几岁的秃顶男人殷勤地领到吴芬面前。吴芬问，是你寄来的信？男人两手一摊说："不关我的事，是梅梅让捎过来的。"

"梅梅？"

"是我们家隔壁一个腿有残疾的女孩儿，她知道我岳父住在附近，托我把信送来。"

男人一副无辜的样子走了。老赵也在吴芬的感谢声里乐滋滋地回了屋。吴芬一个人骑车，辗转找到了城南街的梅梅。这女孩儿要远比她想象中的大。

"我该叫你姐姐吧？"吴芬开门见山，"听说你一直在给我寄信？"

"不是。"梅梅坐在轮椅上仰头回答，"是我哥让我打印好，再托人捎给你的。我相信他不会伤害任何人，他是个好人。"

吴芬说："姐姐你别误会，我想见见你哥。"

梅梅笑笑说你真漂亮，就打起了电话。很快，一辆轿车鸟样的飞落门前，一个穿笔挺西装和羊毛衫的高大男人快步走了进来。

"你好，我叫梅冬！"男人向吴芬自我介绍说。

吴芬问："是你在给我寄信？"梅冬说："是。"

"可我们并不认识。"

"我不认识的人就更多了。"梅冬说，"但我要坚持把信寄完。"

"你究竟什么意思？"吴芬再问。

"你听我解释好吗？信的确是我让梅梅寄的，但信里内容却并非出自我手。我一直和妹妹相依为命。十年前，梅梅因为一段感情离家出走，我发疯地找她。最后发现她趴在野外的一棵大树下睡着了。而在树下，她竟给自己挖了一个深坑……我把她背回家，说服她不要再沉溺过去，与我共同创业。那次找她，我还从树下带回了一个她挖出的旧陶罐，小心揭开蜡封，结果发现，里面有厚厚一摞信件，而且竟然写于40多年以前！在陶罐里，还有两块金条。我就是靠着它们起步才拥有了今天！"

"可这跟我有什么关系呢？"吴芬疑惑地问。

"有啊。"梅冬接着说，"陶罐的主人每时每刻都想把信件邮寄到筒

第一辑／错写的情书

021

子楼的206号。在他的信里，你住的地方原来该是所大学的校舍吧？"

吴芬恍然大悟，但又有些嘴硬："沧海桑田，人事变迁，事情过去了那么久，你为什么还要把信寄给我呢？"

梅冬说："对不起，也许是我打扰了你的生活。但我和妹妹毕竟是靠先人的资助才有了今天。我想帮他完成那个未完的梦想！"

听到这里，吴芬有些释然了。她也在想，那个人，真的是位才情横溢、多愁善感的傻瓜啊，他一直暗恋着她，为何不勇敢地说出来？

梅冬告诉她，是时代最终导致了他们的错别。那就是半个世纪以前最典型的暗恋结局。

梅冬还告诉她，信件按季节，只在每个秋天寄出，而她是多年里那么多人中唯一来寻找答案的人。

也许你是唯一一个被信件打动的人。

吴芬听了，直想摇头否定。可她一抬头，与梅冬坚毅的目光相对视，又忽地笑了。她看见秋日的阳光哗哗地在男人脸上流淌，让他看起来既沧桑又俊朗。

茉莉的婚事

消息不知怎么传出来的。

我们知道时已经很晚了。父亲表示怀疑，母亲也感觉不可思议。至于我，更是羡慕得红了眼睛。

我说，这怎么可能呢？不是茉莉她们家编的谎言吧？

可母亲出去一趟，带回来的，依旧是令我难过的消息。

真的，茉莉真要去美国了！

事情是这样的：我们从小一起玩大的伙伴茉莉，一个毫不起眼的瘦姑娘，竟突然收到一封从美国寄来的信。写信人说他爱上了茉莉，爱得不能自己，但因为远隔重洋，见面困难，所以他大胆在信中向茉莉求婚，让茉莉去美国做他的新娘！

这该是何等的幸福？

而事实上，茉莉亲口说出的话更令我们吃惊。茉莉说："也许你们不相信，那个人我根本就不认识！"我们大吃了一惊，连忙追问："难道这是一场恶作剧？"

茉莉摇摇头，又有点害羞地说："不，是真的。那个人是我一个表叔的儿子。我表叔跟我爸是二十多年前的干亲，已经好多年没有联系了。可上个暑假，他忽然带着那个人来我家，其实我并没注意那个人，谁知道他会莫名其妙地给我写信呢？"

原来如此！我们酸溜溜地打趣茉莉："那你不愿意嫁给那个人喽？"

茉莉低了头，用手指缠弄着辫梢说："我不知道，我又不认识他。"

我们开始起哄，用不满的口气责备她："哎呀！为什么不嫁呢？我们这些没有好运的人，恐怕努力一辈子也嫁不'出去'啊！茉莉你傻不傻？"

"茉莉茉莉，不要再犹豫啦！"

"茉莉茉莉，要抓住机会呀！"

围绕着茉莉，我们像群叽叽喳喳的麻雀，好像马上能嫁人的不是茉莉，反倒是我们。

茉莉没了主意。茉莉给我们的印象，向来就是没心没肺，成绩一塌糊涂。那个人怎么会那么巧地爱上她呢？她甚至连他的样子都不知道！

后来，学校里也都知道了。茉莉很快成为焦点。说实话，我还是不能理解，就凭那一封美国来信，茉莉就轻而易举地成为宠儿了？

甚至老师也在课堂上公然议论这事，只不过她是在讽刺和挖苦。老师说茉莉同学的成绩就像古诗里面写的那样，飞流直下三千尺，疑是银河落九天！到底怎么回事？嗯？是不是以为能嫁去美国就不用学习了？如果真那样想，那就大错特错了！

可我们却宁愿认为，这是老师对茉莉的嫉妒。

果然，那个学期还没结束，茉莉就退学了。退学的茉莉，依然让我们艳羡。

有人说："茉莉又收到了很多来信，还有美国的贺卡呢！"

贺卡算什么？因为同住一个家属院，我还知道那个人给茉莉寄来了美元！

美元，这是美元！这上面是美国总统华盛顿！我们曾亲眼看见茉莉的母亲，在小院里跟几个上了年纪的老人比画着，介绍手中的钱。

也正是这幅场景彻底改变了茉莉母亲给我的印象。多年以来，这个口音很像外地人的女人，像她窝囊的男人一样很少跟外人讲话。可现在，她终于可以扬眉吐气。

茉莉给我们的压力好大。不知从哪天起，我们在小院里看见她，会很快低下头走掉，形同陌路。

后来，茉莉就去了唐大鲁的发廊。唐大鲁在我们小院里开店多年，从未收过女徒弟，他很紧张，我们都看出来了。

再以后，茉莉的变化就更令人惊讶。她的衣着和穿戴一天天斑斓起来，发型也变得成熟而又妩媚，像一条热带鱼。

这一切，都为她去见那个人做好了准备。

是的，那个人短暂回国，家住北京，一定要茉莉"飞"过去见面，机票都订好了！

可当时我正忙于高考，直到放暑假，母亲才把这一消息告诉我。我心里再一次酸酸的。

不过，仅过了几天，茉莉就回来了。茉莉依然在唐大鲁的发廊里忙碌着，她已经能剪出许多样式的发型了。

有一次我去理发，本来唐大鲁给我披好了发衣，可茉莉突然进来，把唐大鲁赶到一边去。剪刀咔咔，我们却始终没有说话。直到临别，茉莉忽然从背后叫住我："哎，考得怎么样？"出于礼貌，我回过头来说："还行，你呢？啥时候去美国？"

茉莉嘴角一翘，没有回答。我忽然从她眼睛里，发现了细碎的泪花！

那真是一个漫长的暑假。谁能料到比我的通知书先来的，竟会是茉莉的喜帖呢？茉莉在我们卑微的落寞的小院里结了婚！嫁给了矮倭瓜一样的鳏夫唐大鲁。

那些天，小院里到处都是碎盘子碎碗的吵嚷声。

父母没去参加茉莉的婚事，他们更害怕得罪茉莉的父母。他们和我一样，听着不远不近的吵骂，长久地陷入沉默。

来年大学暑假，我第一次带男朋友回家，在小院里看见茉莉母亲正怀抱一个胖娃娃跟我父母聊天。旁边，是高挑又丰满的茉莉。

我情不自禁跑起来，远远冲那边喊着，茉莉！

差一秒钟的爱情

晚了。太迟了。

还未进门，他就听见筒花爆碎的声音。沸腾的喧闹席裹而来。

他心一沉。接着，就看到了她。她穿一件蓝白相间的毛衣，茂密的黑发上扎一只煞蓝的蝴蝶结。身材像婀娜的仙子。虽然面貌并不完美，但聪慧、可爱，是他喜欢的那种。

他几乎一眼认出，那就是她。

男友将她紧紧拥住，而在她怀里是怒放的玫瑰花。

晚了。太迟了。

一秒钟前，精彩极啦！朋友跟他诉说着当时的情景。而他与她极快地对视一眼，旋即离去。

他们是在网上认识的。过程毫无新意。他是东北来此经商的异域漂泊者，她是南国深夜踯躅在音乐里的孤寂魂灵。他们渐渐开始信任、依赖。也曾相约见面。但大抵因这样那样的事情错过。

谁身边没有抹不开的琐事呢？况且，若是网恋，多么恶俗。

本来那次聚会，他是打算准时到的。可是，一点点意外阻隔了他。

他很快就接到了她的E-mail，她感觉同样精准。她也认出了他。她的信很短，但可以看出，她并不快乐。甚至情绪低落，推荐他听的大都是低沉的曲子。

他不再登录QQ，为自己的失魂落魄感到好笑。本想彻底忘掉这一切，却又禁不住在工作间隙，一次次地刷新邮箱。终于，他还是忍不住回信给她。却忽然感到了巨大的酸楚。

他要约她见面，去那座城市边缘的咖啡厅。他们像老朋友一样相互对坐，绝少说话，默默盯视，却都感到放松和惬意。其实，无论是她红肿的眼睛还是抽动的嘴角，都生生撕扯着他的内心。

他送她上的士。夜色已浓，忽又不忍。遂上去坐在她一侧。她似乎很困，不觉就依着他的肩头睡去。颠簸中，醒了，连忙说着对不起。可是转而，再次同样沉沉睡去。

他侧身盯看她苍白的脸，疲惫的双眼和柔顺的长发，心里涌现出无限温情。

快到家时，她醒了。车继续开，她忽然说：前面站在楼下的人好像是我男朋友。他忽然就慌了，像矮下去。像做了什么见不得人的事情。见她下车，忙催司机快走！生怕自己被看到。

　　可是，这真太荒谬了。自己错在哪儿？害怕什么呢？难道是不喜欢她？想到这，他大声叫司机转头，恨不能马上生出翅膀飞回到她身边去！

　　车还没有停稳，他便跳下。一把抱住了她，吻她，亲口一遍遍地告诉她：我爱你，我要你嫁给我……

　　这次以后很久她都在想：要是那天站在楼下的那个人真是男友就好了。那样会省却多少麻烦！那样的结局岂不是还好？可那个人不是。

　　她陷入了慌乱。对男友实在无法启齿，男友拼命追了她多少时日，她才肯在那个混乱的聚会上莫名其妙地接受了花束？而她又万万不能拒绝他，因为她知道自己已经深深地离不开他。原来在三角恋当中，最感痛苦的竟是那个中间那个啊。

　　他一直都在等。好多次都想问她，还犹豫什么呢？到我这里来，我多么爱你！可他说不出口，他认为这理应是一场公平的竞争。

　　他希望她能很快回答他，同时又不想很快知道答案。如果她选择的是他，那就是说是他亲手拆散了一对情侣？而如果她选择的是男友，那自己是否能够接受？他爱她爱得几乎要发狂。

　　不久，公司派他出趟远差。他极不想去，但必须去。临走他与她约好一定要常发短信，常打电话，常常彼此思念。可是一旦出去，他就在时时怀疑她是否跟常跟男友在一起？是否已放弃了选择？而她在遥远的异地频繁地发送着短信，孤单的思念像天边的云翳飘来荡去。他不在的日子，她忽然变得那么娇气、脆弱和任性，泪水流淌得无声无息……

　　后来的后来，她还是选择了与男友分手。男友感觉很惭愧，想不到在一次次争吵过后，这一次她居然彻底放弃了努力。在她心里也有愧歉，但终于能够坦然。原来在这场痛苦的恋爱当中，受伤最轻的反而是这个始终真相不明的人。

那时候，他早已离开了南方。其实，是他先跟她提出的分手。就是那次出差回来，他忽然下定了决心。在下飞机前打电话给她。她在电话那头一直哭，一直哭。他宁愿这样，也不想再让彼此深受折磨。

这是一个听来的故事。下笔前我在想，如果当初让他早一秒钟走进房间，事情又会是什么样子呢？

伞

再次穿上羽绒服的一瞬，伞忽然发觉自己来这个城市已经整整一年了。

伞回忆起去年此刻，自己为来这家公司所费的种种波折，伞笑了。伞觉得自己好累，但是这累，应该是属于成功后的骄横炫耀式的累。其实又有什么呢？伞觉得现在的生活正在沿着自己美好的构想顺利前行着。

伞常常想家。常常想起家乡的那个小镇、小镇里众多的伙伴以及和伙伴们一起在闲置的麦场里看雪、打雪仗时的情景。夕年的流光碎影常常是伞在空荡无人的夜里赖以慰藉心灵的温暖。

城市的节奏比小镇快得多了，伞得卖命地工作，午饭就常常是在公司外面随便吃点便当了事。有好几次家里说要来看看伞，看看她信里面大公司的模样，伞赶紧回信不让他们来。工作时间是不允许会客的，再说，家里人那点穿着，到城市里这样的公司里来，会不会……还是寄钱回去吧。

伞的朋友很少。虽然伞长得标志，但是城市里怎会缺少模样标致的女孩呢？伞每次从邮局里出来后都将剩余的钱买了好看的衣服。伞在镜子中反复盯看自己一会儿，嗬，确实漂亮多了！但唯独还是少了街上那成群女孩儿们脸上的笑容，身体里散发出的气质。

伞在公司整一年了，没有男朋友。

伞就把业余精力和兴趣都放在观察城市的景色之中。说心里话，伞喜欢用一双大大的眼睛和敏感的心灵来触摸和感受这座大得几乎没有边际的城市。伞的工作间紧靠27楼上硕大的窗台，工作累了，伞就放眼望向窗外。

窗外的景色尽收眼底。白天是川流不息的大小车辆，高低不一的商厦楼宇，形如蚁状的路人，各种莫名其妙不知道从哪里汇集而来的声响；夜晚是富丽堂皇的灯火，远近模糊的妩媚的乐音歌声，永远淡红色的天幕……伞觉得它们靓丽华美，绚烂辉煌，这是与小镇完全不一样的感受，这是城市里特有的景观和味道。

伞每次工作累了，就把秀发靠在椅背上，慵懒地看着窗外，渐渐地将自己融入车辆的喧嚣声中去，在铅色的天幕下，休憩一会儿，遗忘一会儿，再接着努力地工作。

时间久了，伞的业绩得到充分肯定，伞也察觉到了年轻老板对自己格外的赏识。

第三个冬天的时候，伞做上了业务主管。

第四年冬天的一个夜晚，老板从在窗台前伫立凝神的伞的背后走上来。日光灯关掉的一瞬，老板拥吻了伞。伞奇怪自己竟然连一丝一毫的挣扎、慌乱和羞涩都没有。老板微微喘着粗气盯问着伞："伞，我爱上你好久了，嫁给我吧？"伞不知道该怎么回答，伞说："你陪我去看今年的第一场雪好吗？我喜欢看雪，轻轻地落在掌心里。"

老板面色因激动而变得红润，爽快地答应下来。

　　吻过伞后的老板在此后很长的一段时间里唯一要忙碌的，就是去看房子、定家具、买钻石项链和衣服化妆品了。老板的脸上总也洋溢着成功者的笑容。

　　可第一场雪总像跟伞和老板捉迷藏似的。冬天快要过去了，迟迟不来，杳无音讯。

　　伞的老板很着急，每次用眼神乞求伞，伞也用眼睛回答他：等落雪了……再说吧。

　　"落雪了！落雪了！"老板在清早的电话里激动地说。伞，我在"黑咖啡"等你呢，这里看雪很美。

　　伞从床上爬起来，伸展身子，拨开厚厚的窗帘望向窗外。

　　真的，淅淅沥沥地落雪了。

　　端坐在"黑咖啡"的雅座间，伞静静地望着窗外。窗外是条平整光洁的街道和鳞次栉比的店铺，冲着"黑咖啡"的街对面是一式的洗脚美足房，几棵幼小的法桐在店门边默默地伫立。一辆辆出租车从玻璃窗外急速驶过……

　　雪落得不大，开始只是雨点，中途又是小小的冰雹，快到中午了才变做了薄薄的雪片。一片、两片、三片，雪落在地上，尚未来得及积蓄，便被飞快的车轮碾过，化作了一团团的污水……

　　伞跑出咖啡屋，在宽阔的街心用手掌接那些飘散下来的雪。太阳却从铅色的天空中露出了端倪。

　　背后的老板悄声地问伞："伞，你说过一起看雪后嫁给我的？"

　　伞不回头。将手心里化掉的雪捂在眼睛上，说："好啊。"

第二辑

错位

听课

那天本是节体育课，但班主任周老师突然走进教室里说："同学们，我有一个重要消息向大家宣布！下周一，校长要来我们班听课！"说完满脸绽放出灿烂的微笑。同学们见状，纷纷热烈地鼓起掌来！

周老师声音越发洪亮："校长来听课，既是我们的荣幸，又是对我们的挑战！所以我今天特地要了课，咱们来做一下准备！"

周老师又说："首先我向大家透露一下，校长要听的课文是《春》。下面给大家五分钟时间，仔细阅读一下课文！"

讲台下，立即泛起琅琅的读书声。五分钟以后，周老师说："既然课文都已读过，我们马上来熟悉几个知识点。首先，我要找一名同学回答，该文的作者是谁？小红！"

学习委员小红唰地一声站起来回答："朱元璋！"声音又甜又脆。

可同学们的嘲笑声却像爆米花一样喷溅而出。

周老师难以置信地问："小红你是不是开小差了？作为班干部，要时刻起到模范带头作用才行！——让大家来告诉她，作者究竟是谁啊？"

"朱自清！"另外五十五张嘴巴异口同声地喊道。

"很好！小红你一定要记住，到时候这个问题还是由你来回答！可千万不能再错了，明白吗？——现在请大家再翻到课文最后一页，找到生字表，看看本文一共有几个生字？"

"五个！"

"很好。给大家十分钟熟悉一下……"

十分钟后，周老师说："大家的记性一向都不错，下面我找几个同学来听写。谁会的，请举手！"

白嫩的小手立即像雨后春笋，唰唰地冒起。

"都很积极！但我只能选五名同学上讲台来，小刚、小云、小超、小东、小华你们五个，其余的在下面写。开始……"

五分钟以后，周老师开始为大家做点评。"大家看，班长小刚都写对了，是不是很棒？接下来副班长小云却只写出了前三个字，而小超的字写得像什么啊？大家看——对，太小了嘛，简直像蚊子！而成绩最差的就是小华了，身为宣传委员，竟然连一个生字都没写对！……"

又有笑声，海浪一样翻滚起来。

"你们几个今天的表现令我很失望，马上将生字表抄写三十遍。听课时可千万不能再出错了！"周老师温和的脸上明显泛起了严厉。"其他同学，让我们接着分析课文，看本文到底应该分成几个大段？中心思想又是什么呢？"

同学们越发踊跃。但周老师只挑选了卫生委员小南和劳动委员小林作答。"不对，不对。"周老师边为他们纠正边说："该文正确的划分应该是三个大段，而中心思想呢，是作者通过热情地讴歌春天以表达对自由人生的向往和追求！你们两个都记住了吗？……"

"最后，我还要找几位同学来向老师提问！究竟还有哪些地方不明白的？"这一下，竟没有人举手。周老师摇着头启发说："我们要懂得不耻下问，一篇新课文不可能所有人一听就都明白了。要诚实！要勇敢！真正提出你们内心的疑问……"

说到这里，班长和学习委员等几名同学犹豫着举起了手。接着，是所有人。周老师顿时又有点不快。"哪里来的那么多问题！难道每个人都有疑问吗？还是定下来，到时候由纪律委员小方和音乐委员小玲来提问。你们可以这样问老师：作者创作《春》的历史背景是什么？《春》中的比喻一共是多少处？到时候，我会再点名让体育委员小北和美术课代表小凡来作尝试回答……"

丁零零！……下课铃声急促地响彻校园。周老师一脸疲惫地走出教室，整个背影都是湿漉漉的。

校长听课那天，一切都在计划中进行，可没想到最后还是出现了失误！不过幸好我发现，校长根本就没有听出来！所有的老师竟都没有听出来！

周老师在最后的提问时，并没有喊小凡的名字，而是叫起了我！那天小凡临时请了病假，于是周老师让与她同桌的我来回答那个问题。

我当然不记得该怎么回答，只是慌忙从武侠书里拔出脑袋来，委屈地想，我根本就不是班干部嘛！

说你爱我吧

近日，警校同学苏莉突然打电话来。

"富强，真的是你吗？我终于找到你了！"阿莉柔柔地说道。

也许因为太过意外，我竟一时慌乱起来。

苏莉是我警校时的女同学，人长得非常漂亮，当时追求她的人足有一

第二辑／错位

035

个加强连呢。说实话，我那时也曾失魂落魄地暗恋过她，可我没有公开的胆量。毕业三年，意外听到她的声音，我内心既兴奋又甜蜜。

"富强，真想不到你能发表那么多文章，稿费拿到不少了吧？真为你骄傲！要不是我前天无意中看了《警界》上你的一篇回忆性文章，我还真不知道……你原来……"

我仿佛看到电话那端的苏莉羞涩地低下头，欲说还休。

我是写过一篇警校回忆录的。她看到了？那上面还真有一段我对苏莉痴情的描述呢。

"哦，其实那也没什么的……"

"不！"苏莉斩钉截铁地打断我说，"我从中看出你有那份真挚的深情，是的，那就说明你……你是个好人！其实你鼓足勇气说出来，又会怎么样？没人会……"

啊？！我惊喜得呼吸都变了节奏，汗水涔涔，爱恋的火焰似乎一下复燃，急忙单刀直入地问她："那你呢？"

"我？我当然不会介意……其实我们彼此想的都一样！"

这可是我做梦都没有想到的啊！毕业整整三年了，幸运女神和丘比特之箭竟突然光顾了我？！

"富强，在我看你文章时我就在想，说吧，说吧，你为什么不说呢？错过了一次机会，以至于你现在都在后悔，这多么遗憾啊！毕竟我们一毕业，就各奔东西了……"

我的眼睛不知不觉潮湿了，心在急剧战栗。平日的灯下苦读和奋力笔耕，终于打动了我梦中的女孩！

"阿莉，你……我……谢谢你真心告诉我这些，我真想你！说吧，说你也爱我吧！我……"

"你说的什么乱七八糟啊？想我？真心？爱你？你扯到哪里去了！开什么玩笑！"苏莉急急地打断我，嗓音也陡然亮了，"我照直说了吧！你在回忆录上不是说还欠着伍大海两千块钱吗？他是给忘了，你当时也因为家庭拮据不好意思提，直到你们毕业失去联系——这么跟你说吧，我明天就要和大海举行婚礼了，你把钱直接寄到我这儿来吧……"

错位

"爸！"他猛地惊叫一声，吓坏了身边的女友。

女友颤颤地疑问道："什么，你叫他什么？"

他即刻羞红了脸，像个做错了事的孩子低下了头："梅子，对不起，我欺骗了你！我爸爸根本不是什么局长……他，就是我爸爸！"

女友慌张地捋起额前被风吹乱的秀发："他？你不是在开玩笑吧……"

眼前的这个人，衣衫褴褛，蓬头垢面，一双失神的眼睛呆滞地凹陷在枯树皮一样的脸上，皲裂的嘴唇微微地抖着，不时流下肮脏的涎水。这老人显然也是惊呆了，慌忙将手中的麻袋往身后藏去。

女友痴痴地站在原地，不知所措，像是呆了，又像是傻了。

他紧张地晃晃女友，沉重地说："梅子，你果真那么在乎吗？难道我们的爱情不值得你留恋？我向你坦白了，我们也是不是要……要结束了？……"

女友闭口不答，她仿佛在震惊中还没有反应过来。

突然，他诡秘一笑："呵呵，梅子，好梅子，我只不过是逗你玩呢！

谁又能真的不在乎？！"

他搂起女友纤瘦的肩："开开玩笑，一个游戏，好了好了，别再想了！"

这时，老人已经背负着麻袋默默地走远了。

女友眸子里肆意地流出泪水："那是我爸爸……"

猪血

那年，团子十二。突然想上四姑家去玩。娘不让。

正农忙，娘走不开。且四姑家住得远，隔着好几座大山。

团子就又哭又闹，缠个没完。娘这辈子生了四个闺女、一个儿，唯独最疼团子，也只好同意。临行前，千叮咛、万嘱咐，还给包上了俩窝头。

团子说："再给包俩！"娘说："俩你就吃不了。"团子嘴一噘："吃不了我给我四姑吃！"

团子就背了四个窝头上路。说也怪，四十多里山路，眨眼就走了一半，团子不但不累，还一个劲唱。唱小呀嘛小二郎，背着个书包上学堂。

其实团子最厌上学，他那时最大愿望就是能天天和四姑在一起。说来，四姑家也没啥好玩的，孩子都大了，在坡里干活，家里头又穷，几人挤一张床睡，听说四姑父脾气还不好，动不动就打人。

但团子就是喜欢四姑。四姑每回回娘家，都给团子捎好东西。有时是几个窝头，有时是半包点心，有时是把木头手枪，有时还可能是只剪了翅膀的斑鸠。

四姑还喜欢摸着团子的头夸他。夸他几天不见又长个了、又漂亮了、写字又有进步了。团子很享受，每到这时，他就老往四姑怀里拱，拱得四姑呵呵笑，说这孩子不小了还想吃他四姑的奶哩！

团子也不害臊，谁叫他喜欢四姑！团子一路上就老想着四姑的好小跑，山路哗哗地向他身后倒退。

很快，团子就过了俞家梁，到了悬窝。悬窝是个小村，过了再翻一座山才是四姑家。团子就进村问路，不料一户门口猛的蹿出一条五大三粗的黑狗来，见人就扑！团子吓得抱头急蹿，一口气跑出几十米仍没躲过，被黑狗从后面"呜"的一声咬住了小腿肚子！团子舍了命地狂奔，裤腿都扯掉了一块。

等终于甩掉那狗，团子见小腿已被咬破，拉拉地淌血。可他没哭，还没到四姑家，得先憋着！再上路时，团子忽然发现窝头不见了，又急出了一身冷汗。

怎么办？团子狠下心就是被那畜生咬死也得回去找，四个窝头他走了大半天还没舍得闻闻呢。团子偷偷摸回悬窝，看见窝头包袱还在那户门前。蹑手蹑脚过去，刚提起包袱，狗又"唬"的一声从门里蹿出来了。团子紧抓包袱又跑，不料包袱露了，窝头撒了一地。

狗大概饿疯了，闻见味就住下腿，原地叼了"哇呜""哇呜"嚼起来。团子远远看着，手里就只剩下一张红包袱皮儿了。

终于到了四姑的村子，问个放羊的就直奔家门。可偏偏到这时候，团子却突然"生分"起来。他悄悄趴在门口瞅，见四姑和几个娘们正在天井里扒花生，怎么也不好意思进门了。团子一停不停往里瞅，心里巴望着四姑能突然看见他，吃惊地迎出来，像接稀客一样把他热情地让进屋里。可四姑就只顾着拉呱和扒花生，根本就没注意到他。

团子终于沉不住气，故意咳嗽了一声，当即被四姑抬头望见，惊叫起来："这不是俺花树沟的侄子吗？嗨！你怎么来了！跟谁来的？"团子一下子跑进门，再也忍不住，扑进四姑怀里就号哭起来！

四姑不愧是四姑。一直把团子搂在怀里，摸他的头、夸他。团子则使劲把脸和眼泪鼻涕偎在四姑厚软的胸上。

娘们笑着告辞，都说："吆，家里来客了！晚上得好好伺候呀！"四姑高兴地说："那可是！一个小孩家走四十多里路来看他四姑，你们当是容易吗？"说完就给团子塞柿饼。

团子住了哭腔，吃着柿饼，心里还是委屈。尤其听到四姑说他走了四十多里山路时，他更想哭。他还没说被狗咬了呢，丢了四个窝头呢！

天不黑，四姑却开始忙活做饭。团子看得出四姑很欢迎自己，就一个人慢慢溜出院子。第一次来，他想好好看看这地方。

四姑家的烟筒汩汩地冒烟了，团子闻着真感到饿。拐过几家院墙，团子看见一个男人正在墙角卖猪血。那猪血紫红紫红的，一块块，盛在一个大铁盆子里。叫人看了直淌洌涎。

团子饿了，但他不馋，他想要是他有钱该多好！几毛也行。有钱就能买块猪血给四姑端回去，叫四姑高兴高兴，叫四姑夸他。可团子没钱，只管一个劲儿地淌洌涎。

男人见团子凑前就问："买猪血？"团子说："不买。""买块吧？香！""没带钱。""没钱？"男人笑了说："没钱回家要！要不就滚一边儿玩去，别挡买卖！"团子一听这话，不知怎么的就火了。他冲着男人说："我操你娘！"接着，突然伸手从铁盆里抓了块猪血就跑！

男人大怒，吼着骂着就追。团子舍了命蹿，快跑上四姑家对面的山梁时却再也没劲了，他回头看看呼哧呼哧追上来的男人，吓得脸色发白，干脆一腚坐下，等着挨顿死揍。然而令团子想不到的是，男人就在快要追上来时突然一下不见了！消失了！团子万分惊讶地四下里看，才发现，男人竟掉进了路边的一眼机井里。

团子绕着走过去，头皮生地一下就炸了。那男人身子已胖得像块猪血，浮上了机井水面。

天黑时，团子才揣着那半块早就压碎了的猪血回到四姑家。四姑一见团子当即就哭了，她骂团子："你上哪来？快吓死我了，叫我一顿好找！"见团子发呆，四姑又笑了，说："快洗洗手先吃饭！等你四姑父卖完猪血回来，有剩下的我还给你炖白菜吃！"

团子"哇"的一声，哭出来。

一群鸡

这是一群地地道道的山鸡。

就是散养在山里头，专吃草籽和害虫，有过金色童年的一群鸡。

它们头顶通红的焰火，颈缠浑黄的围巾儿，身披雪白的绒羽，齐刷刷坐卧于荆条编成的大提篮内，昂首挺胸，就像迎接外国元首的仪仗队，被一辆独轮小车推向城里去。

有人要问，它们就那么老实？当然——这是一群被老太太捆住了手脚的鸡。——推到大酒店的小厨房里去？不，赶趟集而已。

老太太年岁一大把了，记性却不差。她一边走，还一边冲提篮里的鸡们嘟囔着："老大老二呀，就数你俩最听话，走了三里多路，还没见你们摩挲一下眼皮儿，别埋丧脸子啦，孬好我最后让你们走！

"老三和老五，你俩就是天生的命贱！交头接耳，叨叨个没完，要是有买主儿，看我不先由着别人选！

"老四和老六，你俩按说年龄还不大，可我急等着使钱，小儿媳妇要下蛋，B超里说了，这回准是个带把儿的！你们不老跟仇人似的吗？现在倒好，一进城，魂儿都吓掉了……"

老太太念念叨叨来到十字路口，突然一辆大卡车从背后猛冲而来！老太太转身稍慢，手一撒把，凭空里就是一阵稀里哗啦。

如果你是老读者，又看过我的小说，准会这么说：这下子可完了！小独轮车被轧趴了，大提篮被压扁了，一群鸡扑扑棱棱，眨眼间就死的死，伤的伤，场面惨不忍睹！只剩下那个老太太，虽说不至太残忍，但是总得受点小伤害。

这还不算，卡车司机一下车就傻眼了！老太太不正是自己的亲娘吗？光顾着搞买卖，多久没上门了！老太太一见是大儿，本来还挺伤心，这下子气先消了大半。儿见娘没啥事，只是赶趟集卖鸡，脸上立即就有了不屑，几句话后扔下一张大团结，蹿了。

这个细节的确有意味，但我不能这样写，老是这样写就对不起读者了，我没打算这样写。

其实大卡车猛冲过来时，老太太只是吓了一跳，她哪里见过这么开车的？慌忙中车把一撒，人和小车都闪倒在了路边，鸡更没啥事，至于那辆凶猛的大卡车，嗖的一下子就驶远了。

老太太稳了稳心神，继续跟鸡们嘟囔着上路。小脚不停，太阳一竿子高时，就来到了县城东郊的集市上。要说这县城的集市就是比村里和乡里的大，大得几乎看不到边儿，人多得瞅着眼晕。

老太太没敢使劲往人堆里扎，找个靠路的边角停下，边歇息边卖鸡。可一直等了大半晌，除了几个问价的，一笔买卖也没做成。忽然间，她看见一伙小商贩推车的推车、背麻袋的背麻袋，都向她这边急奔！在他们身后，紧追着一群身穿制服的青年。那架势，很吓人。

这个节骨眼上儿，按惯例你又要猜了：老太太行动迟缓，来不及推车赶紧躲到一边。就见青年们跑上来摁住她的小车大吼："这是谁的？赶紧承认！给你们划出地方来卖你们不听话，软的不吃吃硬的！"青年一边吼着，其中一个还抓起了老太太的秤杆儿。

老太太被吓得够呛，可无意间抬头一看，竟大着胆儿走上去承认小车是她的！就见那个手抓秤杆儿的青年开始浑身发抖，究竟是气愤还是惊讶谁也难说清。因为他万万没想到站在自己跟前的是亲娘！

也就是说，他是老太太的二儿子。

仅是片刻迟疑，二儿子还是"咔嚓"一声，愤然将秤杆从中折断！这时人群里起了嘈杂，二儿子亲眼目睹着娘的眼睛里慢慢地溢出泪花。他不敢再看下去了，猛低下头，将一张崭新的人民币塞进鸡翅膀下。

二儿子离去很久，老太太还像是一桩泥雕那样瓷在原地，只剩下那群鸡们瞪着惊恐的小眼四处乱探。

是的，我又要说你猜错了。很对不起，我这篇小说没有这些细节，其实它很平淡。

其实老太太看见那群青年跑过来时，立即就推起小车走掉了，因为她在人群的最外侧，走得及。她只是远远看了一眼那个身穿制服的小青年，脚底下就立即像是生了风一样。

老太太一边往回赶，一边很有些个难过。三儿媳妇马上要生了，可三儿子的刑期还未满，家里需要钱伺候月子。一群鸡一只也没卖掉，她不想让人说是自己舍不得。想着想着，想着想着，她笑了。

什么，笑了？这时候还能笑得出来？你又要问了吧？

是啊，这时候按说她根本笑不出来，可她的的确确是笑了。

因为老太太忽然想起了今天收入的那两百块钱来！

千万别跟我打赌，说那钱不能用。否则，我会把这篇小小说的稿费也押上。

还跟你急。

过河

马导心里有件窝囊事儿。

这事儿，他揣上就放不下了，头发掉了一把又一把。

马导今年四十八，二十年前退伍后进的乡派出所，基层一干就是这么多年。马导也没什么文化，人长得粗枝大叶，不修边幅，显得很庄户。穿便服的马导，怎么看也不像个吃公家饭的警察。

马导家一直在农村，但在另一个乡镇，不值班时马导经常骑摩托车往二十几里外的家里赶。赶回去干吗？

除了同事们开玩笑说的给老婆"交公粮"，还得回去喂猪。

马导家里，上有病老下有弱小，全靠喂猪攒钱！

何况，马导在部队里就是饲养员，喂猪是老本行。

一个周末早上，马导不值班准备回家。可所里接到报警电话，辖区一农户家中被盗，丢了两头老母猪。

马导跟所长说，这村子正巧在回家道儿上，我顺便走一趟得了。

所长同意了，这又不是抓捕，看看现场的事儿，马导经验多，正好。

马导换上警服（这点是他的规矩，出警就得穿戴整齐），骑着摩托车就去了。

现场很远，虽说大体方向顺道儿，但走了不少偏路。

来到受害人家中时，猪圈边已经围了不少人。见马导来了，受害人还没开口就哭上了。

马导跟着心酸，他很清楚两头老母猪对眼前这个破家的价值。

"怎么回事？先别忙着哭，说说情况。"马导迅速进入角色。

"昨傍晚还好好的，我亲自锁好的猪圈门，今早上起来一看，俩老母猪都不见了！"受害人说，"我耳朵根子很灵性，可不知道怎么回事，昨晚上一点动静都没听到……"

"最近得罪过人吗？"马导皱着眉问。

"没有，我可是全村出了名的老实！"受害人答。

"好好想想，以前有仇家吗？"

"确实没有，你看我住的这地方，独门独户的，能有什么仇家？"

马导了解到，受害人是多年前逃荒进村落户的，在村里是个外姓，为人还算忠厚，要是有人报复，这么多年也早把他磕碜死了，非得等到今天？

马导没再说话，记录本儿一合，就开始围着猪圈转，里里外外走了三圈，然后开始抬眼盯住围观的人看，边看边往人群中间走。

这时候，人群里有个扛锄头的汉子突然扔下锄头就跑！

马导吼了声："贼娃子，你往哪儿跑！"说着就追了出去。

汉子先跑出二三十米，马导和村民在后面紧追不放。马导边追还边回过头问："你们认识他吗？"村民都喊不认识。

这是好几个村交叉的地界，不认识也算正常。可马导知道，不认识就决不能让他跑了。

越追越近，汉子跑进一片玉米地，等马导飞快地追出玉米地，却发现那人已经跳进了河里。

马导这辈子最大的遗憾就是不会水。别看从小生在农村，可偏偏是个旱鸭子。但马导顾不上了，也跟着跳进河里去。

等马导再一抬头时，忽然发现情况不对！

正是汛期，河水远比他想象的深，前边的汉子虽已到了河中心，但也不会浮水，而且河心水流湍急，汉子被浪头径直卷向了河下游。

眼睁睁看着那人只有头脸露在水面上挣扎，马导急了，冲着身后喊："赶紧的谁会游泳！快去救人……"边喊自己边往河中心奔，刹那间也被河水冲向下游去。

在水里，马导的优势顿时化作了劣势。同样不会游泳，但他体重沉得多，下冲的速度根本赶不上那汉子。

令马导更恼怒的是，他身后没有一个人追上来！

最后，马导被河水冲得头昏眼花，侥幸抱住了一块大石头，才勉强从水里爬了出来。筋疲力尽的马导一上岸就疯了似的往下游跑，结果他看到了自己最不愿意看到的结果——

那汉子像块发了的面包，直挺挺地躺在下游芦苇丛中间。

马导把尸体抱回村里去的时候，村民将他包围得里三层外三层。

村民们七嘴八舌地议论着，可马导跟傻了似的坐在尸体边发呆。最终，人散得差不多了，受害人才战战兢兢凑上来问马导："这就是那个小偷吗？你怎么知道的，为什么？"

马导缓缓抬起头来，眼神涣散地说了俩字："喂猪。"

受害人显然没听明白，又问："为、为什么？"

马导还是那副表情，回答说："喂什么，吃什么……"

受害人害怕了，再不敢多问，快速闪到一边去。

很快，所里的同事赶到了。所长办事利索，迅速叫人查清了死者底细，并从其家中猪圈里起获了丢失的两只猪。

往回走时天黑了，所长在车上问马导："你怎么确定是他干的？"

马导答："半夜弄走两头猪，不是现场杀的又不出大动静，很简单，小偷必定是个养猪的，那人身上有酒糟和鸡粪味。"

所长点点头："既然是他没错，我们就没冤枉他！"

马导听了，忽然哭出来："可那毕竟是条人命啊，我要是不追他……"

多大点事

事儿不大，丢了只猫。

两口子满村找，当娘的直蹦高。

猫是只狸猫，是娘整天揣在怀里的伴儿。没了它，睡不着觉。

娘就指着对门王槐的屋脊哭，我眼看它蹿进去了，怎么就是找不着？你们要是孝顺，就去给我问问！

儿子王树要去，被媳妇芦苇横腰拦住。咱可不去！猫是不是他藏了咱又没证据，你不知道那人脾气？王树越想越气，只得半夜里揣把斧子，将王槐果园里一棵七年生的苹果树砍歪了。

王槐脾气在麻村是出了名的不叫人喜，赛过爆仗，一点就着。四十多岁娶了个瘸子，多亏几棵苹果树维持生计。树倒了，能不挣命？可几天过去，王树没见王槐"发疯"，倒是眼见瘸子拽回大抱的苹果树枝来烧火做饭。

不久，王树就听说村西头王柳家的果树被人砍倒了五棵，连树枝都没剩下。王树两口子心里雪亮，但都没吱声。

一星期后，王椿的苹果树就倒了七棵，王桐的歪了十棵，王松丢了五棵，王杨损失最大，一下子少了二十棵！二十棵是个啥概念啊？在靠种果树糊口的麻村好比塌天大祸！王杨的娘们春喜一时想不开，竟自个儿躲进柴房灌了农药。

村子一下陷入了悲痛和惶恐，但果树被毁的灾风却越演越烈。有个叫王桦的，被人砍了三棵果树，和老婆左思右想，推断是王椴干的！可王桦并没去王椴家报复，而是一连砍翻了跟王椴有仇的王杆家的十棵果树！一来二去，全村彻底乱了套，果树嗖嗖见少。最后，连王树家的三十五棵苹果树，也被什么人一晚上砍了个精光！

有人开始日夜看护果园，可事态早已无法控制。一天夜里，守园的王柏刚想熄灯睡觉，果园里就冲进来一伙五大三粗用毛巾遮脸的壮汉，他们公然当着王柏的面呼哧呼哧砍树，不消一袋烟工夫，就将六十五棵苹果树全都放趴了窝。

王柏瞪着血红的眼珠子想抓住个人问问，自己究竟跟这些人有啥仇？不料有人抬脚就将他踹翻，吼了声"谁也别想活！"就撒腿蹿了。王柏被踹得老眼昏花，觉得那人像极了屋后的王桑，可他又不敢确定。

全村最后还剩果树的是王柏家，他最后的五棵苹果树是他自己动手砍烂的。那个日光雪白的晌午，王柏边砍树还边对自己老婆羽花狂吼，操，自己的树还是趁早自己砍了划算！

就这样，麻村远近闻名的花果山变成了臭名远扬的和尚头。

村里狗撕猫咬的治安案件也频频高发挤成了堆儿。不知哪个报了警，村人竟又起哄呼啦啦围住了公路，将警车掀了个四脚朝天！

县里大惊。立刻派人整理瘫痪的村班子。麻村人毁了果树，参政意识也严重不足了，愣是没人愿意出头！又派工作组，还是白费。村民穷疯了，觉悟也没了，啥都不配合了。

于是麻村人外出打工，男的干建筑、搞维修，女的当保姆、做小姐。村子一下空了。

这年夏天，王树在建筑工地上被倒塌的墙头活活砸死，当娘的知道了一口气没上来就过去了。芦苇某天赶集回来，见村人叫着喊着都往村尾跑，她也跟着跑到机井边，却眼见儿子小宝肿得像块面包浮出了水面。芦苇死去活来好些回，改嫁给了本村一个鳏夫。

鳏夫再娶媳妇，恣得整天合不拢嘴，带着芦苇到处串远门。临回家时，芦苇随手将带回的几棵樱桃苗插进地里，从此不管不顾，也再没见人破坏，几年间十几棵树蓬蓬隆隆起来，竟结满了压弯枝头的乌克兰大樱桃。由于品种稀罕，芦苇家赶了几趟县城集就收入近万元！

村人原本可怜芦苇，这下开始眼红、巴结芦苇。芦苇干脆和男人贩起了樱桃树苗子。芦苇家发了，麻村人也有了新盼头。

打工的回来了，保姆们辞职了，小姐们洗手了。麻村人靠着以前的种树经验种樱桃，密密麻麻的树林又起来了，哪家哪户有个小仇小恨小摩擦的也不再糟蹋树了。几年扑扑棱棱下来，竟在全县开创了一个农业产业化调整致富的新典型！

芦苇男人就当上了村长，还平生头一回地穿上了西装！那天两口子要拾掇拾掇去城里补套结婚照。等芦苇化好了妆问男人，好看不好看？男人撇撇嘴说，能不好看？脸画得跟只大狸猫似的！

芦苇当场就瓷住了，气得直吐。她就像是忽然想起了什么一样，扯起哑嗓子死命吼着男人的名字：王槐！你再敢给我胡说八道小心我撕烂你的狗嘴！

王槐天大冤枉似的问，说你像猫咋的了？多大点事！

枪声远去

1943年春天，枪声如雨漫过胡家围子南坡。

鬼子烧杀抢掠，一路开进了鲁中腹地。

路子仁正在家中转移最后一袋粮食，忽听门外有橐橐的敲门声。路子仁将老婆孩子推进地窖，手里攥紧了铁叉。

"谁？"

"是我！抗联老李、李忠勤。老乡，快开开门！"

路子仁扒着门缝瞧见一个血头血脸的大汉，腰里别着匣子枪，正急切地左顾右盼。

赶紧敞门，将来人放进屋内。

"怎么搞的？"

"别提了，被鬼子冲散迷迷糊糊跑到这儿了。哎，老乡，这是啥村？"

"胡家围子！还没吃饭吧？"路子仁说完掀去地上的破席盖子，赶着女人做饭。

女人喜春见老李受伤，忙从袄袖里扯出一团破棉絮上前给老李止血。喜春怀里始终吊着小闺女，这个娃才三岁半，灰头土脸地睡着。

老李大口吞咽着到手的窝头，问："鬼子来了，怎么还不撤？"

路子仁瞅着两个小娃和病恹恹的老婆，愁得直叹气。他问老李："你那口子哩？"老李突然哽咽了："唉，冲散了，谁知道是死是活？"

枪声愈紧。路子仁只好把所有窝头都留给老李，带着家人向后山撤去。

李忠勤在路家躲了两天，伤势渐愈。等悄然摸出屋子，却见村里四处烧着大火，晾场上堆满了尸体。这其中，李忠勤竟发现了喜春！她被活活割掉双乳，刺烂了下阴。

李忠勤悲痛欲绝，等撤进胡家围子后山，却意外见到了日思夜挂的老婆王桂莲，两人死死抱成一团！忽然，王桂莲转过身，手指着身边的路子仁，失声痛号起来。

原来，鬼子杀进胡家围子，把部分村民和王桂莲包围了。鬼子骑着大马端着机关枪吆喝，只要交出女八路，其他人统统的放走！

没有人交。尽管人们一搭眼就知道谁是谁。

愤怒的鬼子拔出军刀，强行将男女老少分离，并叫嚷着谁家女人让丈夫亲自来领。结果，王桂莲泪如泉涌地说："路兄弟他领了我！却把妹子留下了！我正要往外冲，鬼子的机枪就响了，妹子死得好惨……"

李忠勤听得心崩肉跳，扑通一声跪下就要磕头，却被路子仁一把抱住，互相抱在一起大放悲声……

一晃，三十年过去了。路子仁的俩娃已长大成人，儿子叫路光明，女儿叫路红霞。名字都是当年路子仁和老李夫妇分别时，由李忠勤起的。

李忠勤说："我和老王没孩子，他们就是我们的娃。如果还能活着出去，日后必有我们相见的那一天！"

三十年后的路家仍然穷得经常断炊。俩娃三十好几了，还打着光棍儿。谁又愿意把闺女嫁到胡家围子这种穷旮旯里来呢？

这一年，路子仁躺在床上眼见就饿死了。路光明忽然哭着跑进家里问："爹，听人说你认识中央的一个大干部叫李忠勤？还救过人家命？去找他啊，咱没活路了！"

路子仁躺在床上，用极微弱的话音回答："放屁！别听人胡嚼舌头，什么天熬不过去？"儿子听爹说得坚决，只得放弃幻想，拉起妹妹外出要饭去了。

那段天杀的日子不知饿死了多少人，路家竟真的熬了下来。等光景慢慢好转，一天村喇叭里突然爆出了惊天新闻：中央军委的一名将军要来胡家围子！

将军就是李忠勤。当年的王桂莲，如今也已经是一名正师级干部。在那间破草屋里的木头床前，三双手紧紧地握在了一起。

整个胡家围子沸腾了。

随后，就有人嫁给了路光明，尽管是个瘸子，可路家很知足。路红霞也有了人家，且一生就是九个娃。

但是很快，路光明就因为故意杀人罪被逮捕入狱，原因是有人在野地里强暴瘸子，遭到拒绝后竟将其摁进水里活活淹死！路光明血气上涌，拿刀捅死了凶手。

路红霞几乎哭瞎了双眼，要爹给李忠勤发封电报，让将军来救哥哥一命。他罪不该死！可路子仁像是彻底聋了，一直静静躺在床上，片语未发，老泪横流。

路光明被枪毙后的第二年，路红霞咬碎一颗牙齿用身子给领队送了礼，可终究还是因为超龄没能被县城招工，她男人却在放羊时滚下崖去摔成了一摊烂泥。一群嗷嗷待哺的娃子眼见只能送人，路红霞再去求爹。给爹磕破了头，血流如注，可路子仁依然一语未发，无动于衷。

倒是又过了几年，李忠勤的一个养子，据说是名正厅级干部来到了胡家围子，逢人便打听路子仁家，听说路子仁已于前年去世，就按原路返回了北京。

草径深浅

这是个真实的故事。

他在大山里迷了路。天黑下来，他急得想哭。

下山的路却始终找不到，这可如何是好？难道要留在山上喂了野狼虎豹不成？

他害怕得不得了，在他心里惦记的人和事情太多了，他无论如何都想好好活着回去。

他开始后悔一个人单独来爬这么高的山了。暮色苍茫，茫茫林野，哪里才是回家的路呢？

也许是上天特意眷顾？转机竟豁然出现了！

就在他乱走一阵后，眼前奇迹般地浮现出一条下山的草路！他高兴地沿着草路飞跑起来，嘴中还哼起了流行歌曲儿。

不久，他停在一个岔路口处。有两条伸向不同方向的路摆在了他面前，究竟该走哪条路呢？如果走对了，也许很快就能下山回家；如果走错了，恐怕……

热汗淋漓的他似乎并没忘记开动脑筋，经过仔细观察，他发现：两条草路的宽窄深浅是不同的。

左边一条，被践踏的次数很多，草呈萎靡干枯状，路宽且深；右边一条则恰恰相反，径途中的草杂乱而又鲜茂。

十分明显，左边的路是有人常走的，右边的路是少有人经过的，要选择他当然选择往左边去！

暗夜中能有此发现和判断，他欣喜异常，连自己都有点佩服自己的冷静和沉稳了。于是，他又哼起歌儿继续一路飞奔。

五分钟后，他一脚踏空——"噗"的一声，摔成了一摊肉泥。

其实左边路所通往的，仅仅是一处深不可测的悬崖。

赌石

寒风呼啸，雪霰纷扬。

一个人影橐橐地奔进陈卤教授家中，举起一杯热茶"咕咚""咕咚"喝得正急，突然仰天直喷出去，喉咙里连声咳嗽不停。

手攥菜刀、身系围裙的陈卤，低头从镜片上眺视来人，却听那人急道："陈教授，我是冯致啊！"

"你是疯子！"陈卤冷冷一声呵斥。突然，忒的一声，又乐了。"老冯啊，有半年不来了吧？先坐，我正包饺子，韭菜海米馅儿的！"

冯致大声喘着粗气，"噗噗"吹掉肩头白花花的落雪，上去一把就扯下了陈卤的围裙："老陈，快救救孩子！"

"女儿？她怎么了？！"陈卤两道内粗外疏的眉毛，顿时蹙成一团。"难道你这次来……是为了鉴石？"

冯致低下头去。

三年前，陌生人冯致揣着一块四斤重的石头敲开陈函的家门，忽然就跪地不起放声号哭。原来老冯女儿患上了骨癌，实在没办法，他竟参与了"赌石"！

所谓"赌石"，就是花巨资购买昂贵的玉石籽料，看其外表被包裹的风化层，赌其内质的优劣。一块玉石籽料在切石刀下，有可能出现的是富可敌国的财富，也可能只是一文不值的垃圾！所以又有人将"赌石"称为"地狱与天堂的游戏"，要想赌准，简直难上加难！

然而幸亏有了三年前的那次鉴石，冯致只花三万元买来的石料，一转手获利竟有八十万！终于凑齐了女儿的手术费用。冯致那次临走，陈函曾再三告诫他说："'十赌九输'，赌石无异于赌死！医好女儿，就此收手吧！"

年近花甲的陈函，在退休前曾是某大学地质系教授，早年清华大学毕业，留学德国五年，对岩石研究可谓登峰造极，多年前他就曾创下的鉴石记录至今还令人瞠目结舌：连看六十块籽料，只走眼过两次！

如此的眼光，若肯赌石，亿万家产简直易如探囊取物。只可惜，陈函眼力奇，性格更为迥异，名声正盛时却忽然宣布"退隐"。三年前的那次，若不是老冯声声血泪，他哪里就肯轻易出山？

经过了那次特殊意义的鉴石，老冯却与陈函成了朋友，简直就是"生死之交"。老冯先前做过生意，妻子出车祸后，一直与女儿相依为命。陈函也结过婚，但那是三十年前的事了，妻子没有为他留下子嗣便得了肺癌病逝，从此陈函一直独自生活。

相似的人生坎坷使陈函非常珍视与冯致的交情，更是视其女儿如同己出。

这一次，冯致又来求陈函鉴石。"女儿近期又查出了白血病，要想活命，必须骨髓移植，这一切至少需要一百万！"

陈函内心悚然。面对冯致拖出的那块巨型石料，心情沉重无比。

"老陈，求求你，最后一次！救人救到底吧……"

陈凼皱着眉问："这块料，多少钱？"冯致垂头回答："要价七十八万。""你哪来的那么多钱？""借的！求求你啦老陈……"

陈凼用力闭上双眼，那个柔弱乖巧的女孩一下子又跳了出来。

陈凼步履沉重地走进卧室，再出来时，手里端起了放大镜。

不过陈凼再一次告诫冯致说："你要想清楚，肉眼的鉴赏，绝非最终的结论！我只是鉴石，是鉴赏，谁也没有十成的把握……"老冯频频点着头说："如果连你也看不准，那就是老天绝人之路了！我相信你，不会看错的！"说话间，冯致浑身竟已汗湿。

半个多时辰过后，老冯终于看到了陈凼疲惫却自信的目光。于是，抱起籽料惊喜而去。

三天后，陈凼正在房间里打太极拳，忽然接到了冯致的电话。电话里的老冯就像个爆竹，在那头轰然爆炸了。陈凼听了沉重地只说了一句话："老冯，你过来吧。"

很快，冯致就怒气冲冲地席卷而至，并将那块纵向切割了的石料重重掼在地上。

陈凼盯望老冯片刻，一语未发，最后缓缓走进里屋，双手捧出一块通体泛白、暖壶大小的石头来。

老冯整个人立即惊呆了，他目光所及处是一块上好的羊脂玉籽料！如果这是陈凼的珍藏，想必价值无法估量！

"知道我为什么那么痴迷于鉴石，却自立规矩退出这个行当？"老冯听了摇摇头，目光盯着石料异常僵直。

"三十年前，我和得了绝症的妻子去新疆做最后的旅行，我发过誓，要让她最后的时光充满幸福，准备把家里所有的积蓄都花在旅游路上，让她没有遗憾地走。可这个世界上有谁比她更了解当时的我呢？那时候我正痴迷于鉴石，一心想以此发财。于是当我流连在和田集镇上，盯住这块石头时，她说什么也要从那位维吾尔族大叔的手上花九千元钱为我买下它！她知道我喜欢它。她说，那就是她送给我的最后的礼物……

"这么多年过去了，说实话我也不知道它的真正价值，当年我还年轻。或许它价值连城，或许根本就分文不值。现在你拿走吧！我只恳求你以籽料卖掉，不要亲自去切开它……"

老冯抬起头来，眼里已全是泪花。

又过了两天，陈凼竟急匆匆地突然找到了老冯门上。"快告诉我！那块籽料你卖了没有？"

老冯先是惊愕，继而沉默，随后疑惑地问："还没有……你后悔了？"

陈凼激动地说："你留下的那快籽料切割方向不对！我让人换了一个角度重新剖开了，下面不但有玉，还发现了几十条玉虫化石！听说过吗？——'一虫十万'哪老冯！咱们有钱了！"

冯致仍自将信将疑，却见陈凼将石料从箱子里抱出来推给自己："接着，你看！"

冯致哆哆嗦嗦却并不伸手，盯住了那块石料，突然双手抱头猛蹲下身，嘴里赫然发出一声长叹！

"老陈呀，其实女儿没病……"

躬爷

躬爷姓公，名不详。有此绰称的那年，满打满算，不过三十有三。

躬爷生得身材矮小，腰粗腿短，尤其面相苍老，背部畸弯，从小到大，受尽揶揄和白眼。加之双亲早逝，世情炎凉，躬爷一直孑然独身，求生艰难。

躬爷是何时来医院的，没人知道。

可大凡来过医院的，没有不知道躬爷的。无论是谁，只要用得着，只要不嫌弃，甚至开玩笑胡闹，只在急诊大厅一跺脚，立马就会听到一阵急促的脚步声，眼见一团囊囊的黑影像匹鸵鸟似的直奔眼前。

此人就是躬爷。

躬爷专在医院背人。

背啥人？啥人都背。

包扎的，注射的，拍片的，化验的，透视的，输血的，手术的，B超的，CT的，转院的，换房的，移床的。当然，最主要的还是急救的，伤残的，孤寡的，传染的，死亡的。

有轮椅和担架，躬爷算干吗的？

躬爷啥编制没有，就是一个等吆喝卖苦力的。可偏偏那些过来人心知肚明：啥先进玩意，比起躬爷来，都不好使！

躬爷最初来医院是给自己查病的，可查来查去就怕了。每到一处，医生张口就问的不是病情，而是查他裤兜里到底装了多少钱。

躬爷能有啥钱？往回走时，却听急诊室的护士朝他招手大喊："喂，帮个忙！输血，缺担架！"

躬爷二话没说，上去背起患者就走。临了，还不放心，在输液室外来回徘徊。也巧，那天特忙，护士们见他老实，一连支使躬爷背了四五趟人。最后，躬爷的降烧针就是护士给免费打的。

从此，躬爷开始留恋医院。

不为治病，而是可怜那些生病的人。

自然，护士站和躬爷熟起来。一次，护士小严站在走廊上高喊躬爷："老公！快点过来……"话未讲完，引起一阵爆笑。护士们这才意识到问题。从此，躬爷所以成为躬爷。

躬爷的第一笔钱来得很容易。

那时躬爷只想在医院尽义务，突然被一个胖子叫住。"我儿子贪玩叫玻璃扎了脚，你把他背上四楼去，我给你二十块！"

躬爷听了笑笑，身子一矮，背起孩子噌噌就上了楼去。胖子果真掏出钱来，躬爷不接。胖子把钱摔在躬爷脸上："死驼子！别他娘装，现在干什么的不要钱？"

第二笔，却相反。

是个醉鬼。躬爷正往二楼背着，忽觉背上一阵潮热，臊气冲天，前襟随即被呕进一摊黏稠的秽物，两只铁钳大手突然扼住了脖子，紧接着右肩被狠狠咬住！

这次背人，险些丧命。即便如此，躬爷也只拿到了区区的两块钱。

也背老人。每当此时，躬爷先是两脚扎稳，马步半蹲，脊背在原基础上尽量前伸、下塌，脖颈向上挺直，两手环绕绷紧，走起来不偏不倚，不摇不晃，不颠不簸，不快不慢，轻抬轻放，煞是用心。

背老周头和老苏头的时候就是这么背的，可躬爷都是人没放下，心已冰凉：转眼之间，那些送老人进院的红男绿女，早不知去向！

也背过女人。那是躬爷来医院的第三个年头上。二号病房楼清晨里的一声尖叫刺破长空，一个四十多岁留着披肩长发仍没有结婚的女精神病人，像颗流星一样结束了自己的生命。

躬爷背起她的时候，胸口一直热辣辣的，像是鼓足了平生气力去做一件巨大的亏心事，脚步都有些发飘。尤其女人那头纷乱的长发，充满了浓烈的洗洁精味道，抚在脸上，让躬爷好几次打着喷嚏险些栽倒。

女人三伏天里穿的是件红彤彤的厚棉袄。但躬爷却感觉背上轻盈，柔软，潮湿，乃至酥麻。从病房楼到停尸间，短短几百米路，躬爷却感到有些虚脱。

还背过警察。

那个年轻人被送来时，躬爷听人说，如果让背上这个人醒来发现自己正坐在轮椅或担架上，那后果将不堪设想。

警察是在排爆时出的意外，被截掉了右腿。躬爷没想到只走了二十级台阶他就醒了。然后，是剧烈挣扎，摔到背下，撕心痛号。

所有人都手足无措，只有躬爷吼了一嗓子："是汉子，哭够了，就算了！"

那警察，蓦然愣住。

躬爷在医院待了六年，头发花白了大半，人瘦得皮包骨头，腰背整个塌陷下去，不过脖子还是竖直的，远远望去，像极了一把蹴在暗陬里的竹椅。

后来，医院升级，带电梯的住院大楼拔地而起，120急救车配备齐全，大批器械和人才也陆续到位，医院里有了更严格的管理规定。

没有人攑躬爷，可躬爷的谋生越发举步维艰。

那是个飘雪的清晨，躬爷高烧不止，想去医院看病。半路上，却背起一个受伤跛脚的年轻人。

这年轻人是个逃犯。警察沿脚印追来的时候，发现他被搁在了八楼的楼梯上，上不去下不来，而躬爷匍匐在地，身下哕出一摊黑血，人早已经去了。

警察疑问，躬爷显然不知逃犯的身份，可他为什么不走电梯呢？

迪马多山的秘密

最后一个去过迪马多山的人回来了。

和其他人一样，身壮如牛的乌吉力老汉，从此一病不起，卧如烂泥。人们从他眼睛里看到的，只有绝望。

"鬼……"乌吉力老汉瑟缩着说。

族人惊恐地对望，一股凄冷自心底升腾而起。

"看来迪马多山上有鬼，应该下令封山！"

"不！那我们的羊群该怎么办？附近只有迪马多山上还有蓬勃丰美的草源！"

不同意见，瞬时交锋。最后，人们只得将目光匕首般投向沉默中的酋长瓦尔西姆。

瓦尔西姆浑浊的双眼似乎正翻腾着多可里江的巨浪，青筋暴涨的双手战栗着，"咔嚓"一声，已将一根乌铁拐杖从中折断！

封山！瓦尔西姆命令一下，再次引发骚动。接着，人们就听到了乌吉力老汉剧烈的咳嗽戛然而止，远处忽然传来一阵阵的悲凉哀乐。

是克塔依、贝木、阿森吉……他们回来时都曾衣衫褴褛，奄奄一息。而此刻，都已撒手而去。

村里陷入了彻底的黑暗。悲愤中瓦尔西姆毅然决定独自上山，亲自去揭开迪马多山的秘密！

当他费尽力气攀登到半山腰时，竟发现了来自村里的另外五条硬汉。他们无一不是草原上最强壮的牧人。瓦尔西姆只得用目光命令他们跟上，一起结伴向峰顶登去。

据死去的人说，出事地就在峰顶附近。那里氧气稀薄，温度极低，地势险峻。先前只是丢失牛羊，后来竟连夺人命！

瓦尔西姆他们登顶时，天已大亮。但当所有人面对眼前那个神秘莫测的黑洞时，心里都急剧紧张。就是它，连连吞噬牲畜和人命。难道里面果真有恶鬼藏匿？

瓦尔西姆掏出绳索、干粮、水壶、氧气灯和拐杖，第一个下洞去。他命令其他人没有暗号，绝不能轻举妄动。

山洞既深又冷。瓦尔西姆双脚落地，一边向外发暗号，一边惊讶地发现，洞内地上躺满了成堆的牛羊尸骨，四壁都是千姿百态的钟乳石。

借助氧气灯，瓦尔西姆径自走向山洞深处。

空气越来越湿冷，脚下积水越来越深，瓦尔西姆不时见到一些被焚烧过的牲畜尸骨。除了人，谁还能用火烧食物呢？瓦尔西姆迷惑了。随着洞内石头越来越精美，瓦尔西姆越发小心翼翼，因为他听说过，传说中最可怕的魔鬼往往就住在这种变化莫测的地方。

瓦尔西姆手里攥紧了猎枪和拐杖。随着前方水路突然一转，一股凛冽的阴风迎面冲来！"噗"的一声，氧气灯熄灭了！瓦尔西姆暗叫不好，伸手去摸火石，火石却已不知何时丢失！

瓦尔西姆冷汗涔涔，却依然摸索着继续前进，他发誓即使死，也要揭开洞中的秘密！

当他到达一段极窄处，以为再没有前路时，却忽然发现湿滑的岩壁间仅有一条窄缝，能容一个人进入。瓦尔西姆左右犹豫，进还是不进？风声愈厉，他猛地端起猎枪，朝岩缝里剧烈开火，借助火光，瓦尔西姆看到岩缝里夹有几颗骷髅！一定曾有人穿越此地，只不过发生了意外！

瓦尔西姆扔掉了除猎枪外的所有装备。侧身艰难挤入。原来，洞内此处峰回路转，倏然开阔！瓦尔西姆却感觉体力严重透支，他开始向前猛跑，希望还能活着见到最后的秘密。

瓦尔西姆被狠狠绊倒在地，猎枪走火，霰弹夹裹着火苗喷射而出。他惊奇地发现，前边不远的地上竟是一个深不可测的大坑！

瓦尔西姆虽暂时捡了条性命，但他摔得很重，一时爬不起来。恰在此时，身后传来沉重的脚步声，他绝望地闭上了眼睛。

等待他的，却是几只强有力的臂膀将他拉起。原来另外五个猎人赶到了！

火把顿时将山洞照耀得灯火通明。而令众人惊讶无比的是，火光好像经过折射，使洞内变得流光溢彩，灿烂辉煌！六个人急忙靠上前去，发现前方大坑里被水浸泡的，是满满当当的黄金！

瓦尔西姆和猎人们愣了。他们想起了流传中的故事。有个叫多足族的部落，人人生有三只脚，他们积蓄了无数财富，却远离喧哗，神秘游离于高原雪山深处……难道这就是传说中多足人的财富？五个猎人狂呼着解开绳索，下去打捞金条。瓦尔西姆却警觉地隐隐听到在某个遥远的地方，正有无数牲畜向洞内集结，足足有几万只，几十万只，来势汹汹，山呼海啸……

瓦尔西姆突然大吼一声："快逃！"没命向着来路狂奔。紧接着，他听到了身后猎人们被什么撕咬得稀烂的声音！

瓦尔西姆拼命挤过那条狭窄的岩缝，一股巨大的力量便将他冲天抛起！瓦尔西姆撞上钟乳石壁，险些当即粉身碎骨。他终于看清了，身后这头"巨兽"就是滔天的洪水。接着，洪流巨浪再次将他卷进水底……

瓦尔西姆醒来时，感觉浑身骨头都粉碎了。他被挂在洞口一块高耸的钟乳石上，石尖穿透了大腿。瓦尔西姆痛苦地彻悟：迪马多山山顶长年被积雪覆盖，冰雪在春夏之交消融成河，而山洞因为位置特殊，每隔一段时间，上游积蓄的融雪水就会泛滥一次，而贪财的族人正是久久留恋于多足人的财富，从而丢掉了性命……

瓦尔西姆昏昏沉沉。不知过了多久，剧烈的尖嗥和咆哮声再次隐隐响起。瓦尔西姆静听，它们就如万马齐嘶，厉鬼狰狞……

加拿大枪鱼

朋友从加拿大回国度假，送给我一份特殊的礼物。

"是什么？"我问。

"是活物，也叫宠物，还是怪物。一对加拿大枪鱼。"朋友说。

我从来没养过鱼，但接过礼物，仍免不了心花怒放。

这是一个外观精美的瓶子，带夹层的，内芯为浓乳色，外层晶莹透明，中间则是至清至纯的加拿大内陆尼亚拉加湖湖水。

湖水里面，游动着两条长须飘曳、嘴目扁扁，但色彩异常斑斓且身宽体胖的怪物。

我注视着它们奇形怪状的模样，在想它们该具有何种特殊猛烈的攻击本领。

"它们吃什么？"见朋友急着要走，我得问清这个。

"吃大米、面包渣、海带丝，都可以，但你要记住，它们对环境要求苛刻，千万不要往水里撒食物！"

"那它们如何进食？"我心生诧异。

朋友呵呵一笑，用一把捞鱼的小网勺将两条枪鱼捞起来，放上桌面，只见两只小家伙竟然用胸鳍和尾鳍支撑住了身体，然后一耸一耸如海豚一般笨拙地移动起来！

奇迹！原来能水陆两栖！

朋友又说："因为在中国境内你很难找到相似的湖水，所以每次喂食时尽量把枪鱼捞到陆地上吃喝拉撒，以保持瓶中水的清洁。"

朋友说完急着出门，我又问了句："那它们可以在岸上待多久？"

"不管你信不信，最多两个小时都没问题！"

奇迹！世界上居然会有这种宠物鱼。我和老婆喜欢得不得了。

不久的一天下午，我正在上班，忽然接到老婆电话。她急得嗓音都变了。原来她早上起床后把枪鱼捞在阳台上喂食，见它们一时没有排泄，恰好她那天又有个重要活动，就撂下它们到浴室洗澡去了。

洗完澡急着出门，她就把枪鱼的事给忘了！也就是说，那两只枪鱼至今仍在阳台上晾着呢！我心里顿时大痛，望望窗外，眼下已经快到吃晚饭的时间了！完了，我的加拿大枪鱼，一定早已死翘翘了！

谁知出人意料的是，等我急忙打车回家，竟发现那两只小家伙仍然在我们家阳台上活蹦乱跳呢！厉害！要说人家外国宠物的生命力还真不弱！

我来不及挂风衣，急忙用渔网将俩小家伙收起来放进水里。却见它们在水里急遽地翻着身体，像在海湾战争中失去了平衡的F14战斗机一般，不停地乱翻着跟斗，好几次都撞到了瓶壁，伴随着它们滑稽动作的还有大泪大泪的气泡从两只枪鱼嘴里冒出来！随后，我就看见它们肚皮一仰，完全停止了游动和挣扎，像两块塑料浮上了水面。似乎像是死掉了！

我被眼前的景象惊得发愣，心想它们不定玩什么花招呢？可二十分钟过去了，它们居然还是一动不动地漂在水面上。不是死掉了又是什么呢？难道是奇特的深度睡眠？！

急忙打电话给朋友。朋友刚好下了飞机，电话里说："完了，枪鱼一定是被你害死了！这两天我一直没开机，就担心你会把它们养死，结果你还真没叫我失望！"

我忙解释我是疏忽了管理，但我回家时它们还是鲜活鲜活的啊！我还想观察它们究竟怎么个争强好胜、打架斗殴呢！这下没机会了！

朋友气得讲起了英文："NO！NO！NO 'SHOOT' BUT 'CHOKE'（非'射击'而是'呛水'）！"

"GOD（天啊）！"原来根本就不是"枪鱼"，而是"呛鱼"！

"我说过它们最多只能在陆地上待2小时，超过2小时，枪鱼的确还能在陆地上苟活一阵儿，但你要把它们重新放回水里，对不起，它们会被呛死的！2小时后它们的鱼肺已然发生了变异，再也不能适应水中的环境了！"

我靠，枪鱼竟是被淹死的！

最后的遗产

病情刚开始好转，那边竟来了消息。

她费力睁开双眼，看到的不再是浑噩的幻影。而是居委会主任和派出所的民警。

"老寿星！您还认得我吧？"居委会主任也是个奶奶份儿上的人了，可比起她来，仍显年轻。

"认得，小李……"回声极弱，但神志还算清晰。

民警也笑着说："老奶奶，我们来看看您，祝您早日康复！"

她听了面色沉重，沉默不语。民警环视一周，这才发现，今日在她身边竟无一个亲人看护！

居委会主任和民警迅速用目光做着交流，最后还是前者率先开口说："老寿星，今天来看您还有一件小事情，和您通个气儿！"

"您就当成个故事听着解解闷儿。"民警也附和说，"但您老可千万别激动！"

她抿抿满是皱褶的嘴，一脸疑惑。

居委会主任语调更加柔和："多少年来，您老一手拉扯那么大个家庭，不容易啊奶奶！最近我们听说，那边有消息过来，好像有人要回来探亲。"

民警补充说："县里对台办也来了电话，我们特地找老户籍查对了，您家里另外一位老寿星也仍健在！听说最近就要回来。"

她面无表情地盯着天花板，嘴巴却缓缓地张开。像个阴森森的洞。

一周后，她执意出院。回到家，依旧如往常一样，久久坐在老屋天井里发着愣，从清晨直到黄昏。

多年以来，岁月如一泓深潭，掩埋了青春；老屋像一口深井，吞吐着回忆……

相比她的寂静，家里面异常热闹。从年近花甲的儿子，到刚刚懂事的重重孙子，谈的议的，都是那边要来的那个人！

那个人，自七十年前离开，就再也没有回来。中间隐约有过零星消息，也很快如过眼烟云消失散尽。算来，他如果活着，已经九十有六！这样的岁数，竟然能活着回来？

果真就回来了！由一大群人陪着，老态龙钟，步履维艰，像一只倒虾。臂膀下还少了一只左手。

她和他的世纪重逢，在一瞬间里被定格成为无数媒体报刊的头条。可他们面对彼此的表现却迥然而异，她对记者喃喃道："他还是那副老样子，即使老成了木头、石头，也能一眼就认出来！"而他却老泪嗖嗖："再也认不出她来了，当年走时，她身怀六甲，才十六岁……"

家人对他的兴趣，明显更多在他谜一样的身世和家资上。对此，猜测五花八门。可惜，他迟迟尚未显露出任何一丝印迹。

送他回来的人当天原路返回，他固执地谢绝了此后一切来访，在老屋里安住下来。于是她和他，悄无声息地坐在老天井里晒太阳，成为家中一景。

北方初秋的太阳，比起南方，更温和、厚实，照在身上像盖了一层蓬松酥软的棉被，很容易使人在里面安逸地浅睡……

一个月后，他就是沐浴着这种家乡特有的阳光永远合上了双眼。她所有亲属都赶来热心操办后事。然后，他们纷纷带了质询的口气问她，他究竟从那边给她和这个家带来了什么？

　　她一次次惶恐地摇头。生怕他们不信，最后只得去衣柜里颤巍巍地取出一只长方形的大玻璃瓶来。人们好奇地簇拥上前，却被吓得失声尖叫！原来瓶子里装的是一只用福尔马林药液浸泡的手！是他那只不知何时断掉的左手。

　　众人轰一声散去。临走有人为她鸣不平，骂老头是个变态狂、铁公鸡！她不见得听清了，却将瓶子紧紧搂在怀里，生怕有人夺走似的。最后，用红绸布里外包裹了，重又放回到衣柜里。

　　从此，众人就时常见她怀抱那个瓶子，坐在温煦的秋阳里打发时光。令人不可思议的是，原本憔悴如枯叶的她，精神却眼见好转。

　　那天，突然有人手摇报纸激动地跑进老屋。扬言有重大发现！原来，按照那边规矩，老头每月都有一笔可观的退休金，但要每季度将本人的手纹邮寄当局，以证明人仍健在。报纸上的案例就是有人为掩耳目，将死者手臂截下来用福尔马林药液保存，以期长年领取退休金！

　　原来，他真的什么都没有。那瓶子里装着的断手，竟是他处心积虑留给她的最后的遗产。

　　她不识字，耳朵也很背了。但出乎所有人意料，当他们把报纸折叠起来，大声讨论领取退休金时，她忽然抱起手中的瓶子，狠狠向自己头顶砸去！

第三辑

月光下的榆钱树

月光下的榆钱树

为了省钱，林是步行回村的。

十五公里山路，林一个人背着沉重的书本却健步如飞。

从一上路开始，那种久违的温暖的感觉就始终萦绕着林，让他步伐坚定有力，心情喜悦豪迈。

高考前，学习紧张，周末能回趟家可真奢侈。

林刚一迈进家门，就见爹在天井里呼呼啦啦地伐那棵粗壮的榆钱树。林顿觉大脑轰地一下蒙了，眼前金星四闪，脚下的步子踉跄凌乱，险些一头栽倒在地上。

林大声喊："爹！别！"晚了，榆树直挺挺地倒下来，顺带砸毁一边空荡荡的鸡窝。

林的眼泪大颗大颗涌出，朦胧中再看蹲在地上的爹，爹的那双眼也红得吓人。

爹问："林，你回来了？我估摸着差不多也该回来了……快进屋歇歇吧。"林不解地质问："爹，你怎么把咱家的榆钱树伐了？它碍着咱们啥了？"爹不看林的脸，不接林的话，语气硬着说："你给我进屋！你娘在屋里摊煎饼哩。"

林不情愿地进屋，见了娘，吓了一大跳。才几个月不见，娘瘦得没有人形了。娘见林回来，抹把额上的汗，朝林笑笑，算是打过招呼，就又埋头忙活。

林把背包扔在床上，坐在漆黑的屋子里发起呆来。林的记忆让他更加忧伤了：从前，当林还是个孩子时，就非常喜欢爬树，尤其是院子里这棵榆钱树，不但给林的童年带来了无穷的快乐，还让林一家人在粮食匮乏的年代里度过了饥荒。那时候林还很有些顽皮，经常一放学回家，就跑到天井里跟这棵树搂搂抱抱亲热一番。林差不多就是跟榆钱树一同长大的。

稍后几年，日子好点了。林的两个姐姐还没出嫁，只是初步确定了人家。夏夜里，一家人不用抓蒲扇，只将院门轻轻一合，摊张清凉干爽的竹席在榆树下，五个人就可以轻松惬意地躺在上面尽情地嬉笑拉呱了。乡下的月亮似乎特别大，特别圆，水灵灵圆滚滚的招人喜欢。夜里清风徐来，月辉就抖颤颤地溅落一树，榆钱树上的叶子因啜饮了恬淡馨香的月光，而开始了欢欣快乐的舞蹈……

娘一直在树下讲着林爱听的山狐娶美的故事。姐姐们躺在一边让纷纭的心事氤氲弥散，往往，爹就在头顶精灵似的树叶哗啦哗啦地翻响时，心满意足地嗅着晾晒在院子里的麦粒芬芳，打起如山的鼾响……

有树的时候多美！有树的时候多好啊！

可是现在，爹竟亲手把树给伐了。把那棵亲人似的树拖走了！仔细想想，过去村子里茂密的树木现如今已经少得可怜了，难道爹也想做一个屠杀树木的"刽子手"吗？就不能把那棵陪伴了家人十多年的榆树留下吗？林实在很伤心，也想不通。

吃饭的时候，娘好几次问林念书学习吃力不，能跟上趟不。林见爹也抬着头巴巴地望着自己，就自信地实话实说："还行，年级前三名。"娘听了就笑，但笑出来的模样却还不如不笑好看。爹听了很满意，也笑，将手心里的酒盅哂摸得极响。

临返校时，林对爹说："这次回去，考试之前就不回家来了，考完了再回。"爹送出大门，说："考完了再回就是。"娘也说："快了，快了，割完麦子就回家来了！"

林就低着头往庄外走。走了大半晌，拿水喝的时候，才发现，包里卷着把透着盐花的钱。林恍然大悟！一次次红透了眼圈，长久地回望着村庄，最后狠劲咬着干裂的嘴唇，甩开大步向学校跑去……

这一年，高考作文要求学生写篇人与大自然的故事，林腹稿都没打，开笔刷刷地写，将他生命里的那棵榆钱树第一次写在了纸上。

林考上了名牌大学。去学校报到后，在给爹的信里不忘说："抽空咱家再种棵树吧？别空了院子。"爹没种，回信说："树倒了就倒了，重要的是儿子起来了！"

林再回家，就见到满天井里奔走的是牲畜和家禽，早已没有种树的空了。

再五年，林在美国深造，接到爹的信："林，咱们村现在靠近县城的中心河，已响应号召搬迁。原址被县里开发成了漂亮的水景公园。现在绿树成荫的地方，就有当年咱家的天井……

异乡月下的树荫里，林的脸上一片欣喜，一片湿滑。

看天

行喜欢看天。

从小就喜欢。一个人，独独的，默默的，远离人群，无限贪恋地凝视着头顶湛蓝的天幕。有时候天上舒卷着云朵，行看着看着就笑了。笑像一圈小小的水纹从嘴角甜甜地荡漾开去。那笑像是行在说话，呵呵，天上有好看的云朵呢。

伙伴们喜欢弹弓、泥巴、水枪、洋娃娃，行却喜欢看天。行只喜欢看天，不喜欢别的。伙伴们就不愿意理行了，有时候还说行的坏话。说行其实是个弱智的哑巴，要不他怎么不说话老喜欢看天呢？新伙伴就恍然大悟似的点点头，给行投去一种同情的眼神。时间长了，行的老朋友们也在自己编造的故事里朦胧起来，以至于全部孩子都以为行就是个只喜欢看天的傻哑巴。

行好像听不懂伙伴的讥讽，行漠视着那些热闹的饭后片段。行喜欢看天。

行只喜欢看天。

什么样的天行都喜欢看。行往往一看就是很长时间。刮风的天，倾雨的天，阴沉的天，爽朗的天，飘着白云朵朵的白天，缀着繁星点点的夜天……行常常看得痴迷，忘了时间。

很快，行上学了。行在课堂上学得很刻苦。成绩很好。有一次一位新来的老师提问行一个问题，行你长大了要做什么？行站起来，望着许多讥笑的目光，想说老师我长大了喜欢看天。但行没有说出话来，行猛地发现自己说不出话来了，行使劲地在喉管里挣扎，可是不行，行真的说不出话来了，那些咿咿呀呀的动静将行自己吓了一跳。行说的是，我去看天。而老师和同学们听到的是却只是喑哑的呜咽。

业余时间，同学们该玩的玩去，该用功的用功去。行就静下来看天。行的座位原来是紧靠窗台的，但有同学报告老师说，行经常看天，都把同学们的精力吸引过去了，所以还是不要让行坐在窗台边。老师说该同学说得很对，不能叫行一个人把大家学习时间和精力分散了。就给行调了位置，到教室最后的中间。

行似乎并不在意这些。行还是喜欢看他的天。行有时候就在想，真的，我长大了就做看天的工作吧？看天有什么不好呢？行将这写成作文，就遭到飓风般的嘲笑，有人问行，行你那么喜欢看天你见过宇宙飞船吗？你能分辨天上的北斗七星吗？

行摇摇头，大家就笑得捂肚皮的捂肚皮，擤鼻涕的擤鼻涕，还有的眼睛里笑出了泪花。行心里想，我只喜欢看天哩，你们问的什么问题。就拿眼光再去看天，天空里飘着丝丝好看的白云。

大学时同学又换了一批。行还是喜欢看天。有个同宿舍的帅小子问行说，你整天看天，视力一定很好，真羡慕你行，我女朋友因为我高度近视把我蹬了。行从窗台下摸出写有自己名字的隐形眼镜药水给他看，帅哥轻蔑地"切"了一声，就回头走了。

行确实是近视眼，还很厉害。不知道怎么近视的。总之行要是不戴隐形眼镜看天，天就总是模糊的。模糊的一片蓝、灰、黑、红、沉重的铅。

行在大学里本来默默无闻，没想到却因喜欢看天出了名气。同学们都知道了行很怪，喜欢看天。就有好多人认识行，好多不认识行的人想找碴认识行，跑来看行，看行怎么看天。行也觉得很奇怪的，但自己顾着看天，没时间和他们啰唆。好多人不走，就和行一起看天，于是校园里的阳台上都站满了看天的人。远远望过去，已经分不清楚哪个是看天的行了。

有个教天文学的教授听说看天的热潮是行引发的，就想动员行选修自己的专业。教授去偷偷观察了行，跟大家预言说行只要在他的培养下刻苦努力，行将成为21世纪最有可能改变人类生存状况的伟大科学家。同学们听了纷纷咂舌。而行听了，不以为然，行没有选修教授的专业，行一次也不去听教授讲解的蓝天。

渐渐的，没多少人再跟行看天，表面摆出那些痴迷陶醉的眼光了。眼看就要毕业，只有一个女孩留了下来。女孩还和行一起看天，天天看天。好像什么样的天女孩也跟行一样地喜欢看。毕业时，女孩就成了行的女友。女孩随行去一个城市工作，业余时还是到郊外来看看天。

郊外人很少，凹地里长满杂草。行忽然叫女孩一起趴进长草丛里。女孩问行要干什么？行说，来，躺下，透过这些斜长的茅草看天。女孩仰头看天，天上竟有白云，树林，人群，红色的楼房，奔跑的汽车，女孩一下子觉得这天好大好宽，宽大得没有边沿。

女孩温柔地笑着，从坤包里掏出一盏火红色的鸭舌帽来。女孩将鸭舌帽猛地扣在行的头上说："行，以后，我不准你再看天了。"

行从女孩眼神里看得出自己此刻很帅，而且觉得幸福正像天上蓬松的云朵一样涌来。于是行朝女孩笑笑，说："好啊，我以后不再看天了。"

如风的旋律

我说过，在我们小院里，弥徽的爸爸是个人物。

因为他不但是名解放军连长，同时还吹得一手好口琴。

你不知道弥徽的爸爸穿上军装有多帅！在三十多年前，他每次回家探亲，都能彻底把我们破旧的机械厂家属小院掀个底儿朝天。那时候妈妈就常常对我们讲，你们要是长大了能有弥徽的爸爸一半帅，那就算我没白养！

那可是个到处崇拜军人的年代啊。

直到现在，每当有人在卡拉OK里重温《血染的风采》，我还能想起那个英武的弥徽爸爸来。

你也不知道弥徽的爸爸口琴吹得有多棒！想想在三十多年前，文艺生活空前匮乏的岁月里，他坐在高高的门槛上给你随意吹一首《外婆的澎湖湾》《莫斯科郊外的晚上》，那种如泣如诉的颤音，那种飘散在风中的旋律，不把我们崇拜得五体投地才怪！

于是弥徽爸爸的探亲假，简直就成了我们神魂颠倒的时光。那时我们人人立志长大了要当一名光荣的人民解放军，并时刻梦寐以求能得到一把像弥徽爸爸那样的"敦煌牌"口琴。

有一次，弥徽爸爸临回部队前，把口琴留了下来！

我们争相聚集在弥徽身旁，渴望能摸一摸并亲口吹一吹那把口琴。可弥徽拒绝了。理由很简单：口琴是他爸爸的，他只是保管，乱吹一气还会传染疾病。

伙伴们失望地散去，同时对弥徽也产生了很大成见。尤其是我，太不甘心了！因为我从小就是个不达目的绝不善罢甘休的家伙啊。

于是，我想方设法拿玩具跟弥徽交换，但弥徽仍然拒绝。

最后的最后，我只得使出杀手锏：把我爸爸出差青岛买回来的两盒压缩饼干送给了弥徽。

那个年代，这代价够疯狂了。

我终于战战兢兢地从弥徽手中接过了那盏小小的乐器，小心翼翼朝它吹一口气，立时就有一阵清脆的音符飞越而出！

我真不敢相信，那样美妙的天籁竟是从眼前这个冰冷的家伙里发出的！我把它横在口中，来回抽拉，像啃西瓜一样吹出了一排排或高或低、或清新或低沉的音调！

我兴奋地扬起它在小院里飞跑，恨不能立即将我的得意传递给每一个人。

我的招摇，却很快得到了报应。谁不想玩口琴呢？但弥徽除我之外就再没答应过任何人。

我和弥徽被孤立了。

看得出，弥徽比我更加害怕孤独。我知道那是因为，他的连长爸爸已经远赴越南前线。他比任何人都需要陪伴。

可他坚决拒绝再借口琴。

没办法，又是我想出了那个鬼点子。而弥徽，痛快地答应了。

我们俩一致对外宣称：口琴一不小心弄丢了！

消息一宣布，果然引起强烈地震。我和弥徽一口咬定，是有人趁我们不注意，偷走了口琴！为了证明自己清白，大家必须一起寻找口琴！

于是为了自己的清白，伙伴们又重新一起玩耍了。但从此，我们玩耍最重要的一项内容，就是寻找口琴。

我们在李老奶奶的鸡窝里发现了建国丢失的弹弓。

我们在春华的床底下发现了希梅的头绳。

我们在常明爸爸的抽屉里发现了许多能吹气球的套套。

我们在东海妈妈的首饰盒里发现了增利爸爸写来的信。

甚至，我们还在和梁的家后面发现了一个恐怖的死婴儿……

我们的搜索搅得小院鸡犬不宁，但就是没有口琴的半点线索。

终于妈妈还是发现压缩饼干不见了，迫于追问，我只得跑到弥徽家去索要。弥徽当然不给，我一时理亏气短，跑出门去就将口琴根本没丢的秘密说了出去！

这下可算捅了马蜂窝。从此小院里，再也没人肯理弥徽。每当我看见弥徽远离人群灰溜溜的样子，心里就充满了愧疚，但我已无力挽回。我以自己的卑鄙，再次使弥徽被孤立。

索性那个寒冷的冬天，弥徽还有口琴。我们亲耳听到在那些凛冽的风中，弥徽一个人躲在家中吹奏他的口琴。开始，那只是一些单调的重复的音符，渐渐的，它们变得生动鲜活、张力十足，并且溢满了忧伤和凄楚，伴随着呼啸的北风，迸发出一种撼人心魄的力量。

我承认，我嫉妒了。因为我，被征服了。

我眼前再次出现了那个英武的解放军连长，他坐在高高的门槛上，给我们吹奏那些如风的旋律。

　　一个大雪天，弥徽家中传出撕心裂肺的哭声。我们也都得知了弥徽爸爸在前线牺牲的噩耗。听到那些哭声，我俨然觉得是自己失去了爸爸，从此将要面对永远漫长的孤独和寒冷……

　　待到天晴，我踏着厚厚的积雪去看望弥徽。却见在他门前，正有一把口琴镶嵌在高高耸立着的雪人嘴边，闪闪发光！

一九八五年的蓖麻

　　一九八五年浓夏，我六岁。正是无恶不作的年龄。

　　我们住的机械厂小家属院儿里，从北往南数第三排巷子最东头是李老奶奶家。李老奶奶其实年纪并不大，却一连死掉了三个儿子。老大是得了不治之症；老二在自卫反击战中牺牲；老三则是正走着，被突然从天而降的石板活活砸死了。

　　噩耗使李老奶奶过早花白了头发，额间皱褶像怒放的秋菊花。多少年以后，我在报纸上见过一幅获奖的摄影作品，内容是一幅老妪的脸部特写，取名为"沧桑"。我当时真以为那片中的人物就是李老奶奶，可惜我错了。我发现原来这个世界上，与李老奶奶有着相同面目的老人，其实还大有人在。

李老奶奶只剩下一个年龄比我稍大的四儿子牢巴，天天半步不离的跟着她。"牢巴"的意思就是乡人所说的"结实、稳妥"，我是很多年后才忽然明白牢巴为何之所以被李老奶奶叫作牢巴的。

牢巴不被送去上学，极少说话，脸长而尖，头脑歪斜，嘴边永远挂着涎水，显然有些傻。没人愿意搭理牢巴，却都很嫉妒他。因为牢巴是小院里第一个吃上烧鸡的孩子。那个下午，牢巴一个人撕扯着李老奶奶刚从卖烧鸡的秃头手里接过来的热气腾腾的烧鸡，当着我们面，毫不嘴下留情地吃掉了那只油花四冒的烧鸡。

我们从此恨透了牢巴。

李老奶奶对"死"极其敏感，恨到极致嘴里便整日离不开"死"字了：什么吃了老鼠药会死，吃了土坷垃会死，别喝林子里的那汪臭水会死，别偷掏屋檐下的鸟蛋吃会死，摘了夏天的蓖麻子吃也会死……大人们听了摇头一笑，我们却听得一愣一愣。

可我们毕竟还小，时间一长，就质疑起那些奇怪的死亡警告了。

李老奶奶门前就种了一大片蓖麻。葱葱郁郁，蓬蓬隆隆。站在蓖麻的阴凉下，我们上下左右地打量。吃蓖麻真会死人？那干吗要种呢？即使不是李老奶奶种的，她怎么不铲掉呢？

作为早熟的孩子头，我毅然决定：去吃蓖麻，看看到底会不会死！

伙伴们在惊叹之余崇拜地望着我。在那个有着金色夕阳笼罩下的傍晚，在鸟群不安的啾鸣声中，我毅然摘掉李老奶奶门前的一颗蓖麻籽，英勇就义似的吞了下去。

我静静躺在蓖麻树下，等待死神的降临。那一刻，我忽然确信自己要死了，躺在坚硬的土地上瑟瑟发抖。我对着伙伴们说了一声："我死了！"就闭上了双眼。

伙伴们一哄而散。

很快，就有伙伴在远处跳着脚喊："东子死了！东子死了！"

很快，我身侧就聚满了人。我甚至觉得单薄的眼幕一下变得沉甸甸的，上面压满了人影。

"爸，东子显能吃蓖麻毒死了……" "这孩子一动不动，脸色窘白，怕是死半天了……" "咳？吃蓖麻怎么死了人呢！" "别上前啊，他家里来了，不好交代……"

我听见李老奶奶也出来了，她嘴里嘟囔着"那嘛米那米宫"之类的话，而紧跟在她后面的就是牢巴。

我将眼睛睁开一条小缝，想站起来溜掉，可一时腿脚发麻，根本不能动弹。只盼望父母快来，看他们是不是也着急？

很久，父母都没来。我越来越怕，越来越怕，积攒起全身力量，忽然直挺挺地坐起来！

周围人吓得轰的一散，我趁机爬起来蹿了。

我以为这事就这么完了。怎么样？我对伙伴们骄傲地说，我没死！

可我无论如何也没想到：

一周后，牢巴死了。

牢巴是先吃了蓖麻籽，后觉得没什么意思，又吃了老鼠药死的。原本在牢巴的意识里，那些一直曾被奉为真理的死亡警告被打破了，牢巴亲眼目睹了我那天的死亡游戏后，就天真地认为李老奶奶的话全都是假的，而且一旦尝试都很好玩，至少可以赢得盲从和惊诧。牢巴家里只有蓖麻和老鼠药。于是牢巴都试了。

牢巴死了。

牢巴死了。李老奶奶却活了下来，至今没有离开这个世界。但我从牢巴猝死、挨了父亲一顿痛彻骨髓的皮带后就再也没有见过李老奶奶。

搬家后的多年里，我一直回避再去那个童年小院儿。

我不知道李老奶奶和那蓬据说一直还在的蓖麻，现在，又是何等光景了。

儿鸽

老朱病了，床上一躺就是半个月，起因是为一只鸽子。

老朱是两年前从公安局装备科退休的。赋闲后，一次去市里办事，路过广场看到有人正在放鸽子，更有年轻人给他发传单、递名片。原来，这是市里的信鸽协会在举办活动。

老朱起初没在意，可坐在返程的公共汽车上无聊时，再次掏出了那些宣传材料。看着看着，忽然乐了。儿子正上大学，老伴天天练舞，自己又不爱琴棋书画，自打退休后，一直闲得胸闷，何不养几只信鸽玩呢？

说干就干，老朱专程去市里买了幼鸽，加入了信鸽协会。回到家就开始整日与鸽子们为伴。老伴见了半是喜悦半是挖苦，说真是武大郎玩夜猫子——什么人玩什么鸟，这把年纪了才想起养鸽子？哪跟学人家养养鹦鹉画眉的多好？老朱蹲在地上头都没抬，说你扭你的胯子，我养我的鸽子，再胡说小心我放了你的鸽子。

老伴听了摇头直笑，打电话给儿子，儿子破例严肃地批评老朱："爸，养鸽子太不卫生了，你把家里弄得乌烟瘴气，我可没脸领女朋友回去，再说要小心禽流感，老年人免疫力下降你就不怕？"

老朱心说，老子现在还不老！可话到嘴边，没说。只好与儿子约法三章，既要搞好卫生，又要做好防疫。

老朱是个外粗内细的人，当警察时几百号人的服装器材管得头头是道，养起鸽子自也不在话下。很快，老朱的幼鸽翅羽丰满了。老朱先是骑摩托车带它们到野地里放飞，然后掐着时间赶回家给报到的鸽子们排序。后来老朱就带着自己的优秀选手去市里参加比赛，虽然从没拿过好名次，但每次放飞时，老朱都感到前所未有的放松。老朱常常想，自己年轻时忙这忙那压力天大，老了没想到竟在鸽子身上发现了乐趣。鸽子轻盈地飞过蓝天，也带走了他的烦恼和忧闷。

　　一年后，老朱已算个信鸽行家了。有次回老家串门，听说村人上坡时，见半空一只鸽子与老鹰厮斗，其情景遮天蔽日。最终鸽子被啄瞎了眼睛但逃脱了，村民在树林里捉到它时才发现那是一只信鸽。

　　老朱立即起身去那户人家。结果发现，眼前的鸽子站姿水平，体态健硕，用手指抵在鸽腹下几乎感觉不到心跳或心博，虽眼睛瞎了，但用食指按住鸽头能明显感到它的瞳孔在有节奏颤抖。一切的特征都在显示，这是一只长距离鸽。信鸽标签上还写有大串英文字母，老朱统统不认识，只知道那个符号"♀"表示它是只雌鸽。老朱满心欢喜好说歹说地买了下来。

　　后来老朱上网一查，发现信鸽竟大有来历，是一只有着百年历史的"英格兰北部信鸽协会"的鸽子。品种优良，血统高贵，名叫"Anna"。老朱从此精心喂养，目的只有一个：让伤愈的Anna做种鸽，彻底给老朱的鸽群更新换代。

　　老朱对Anna照顾周到，Anna也没让老朱失望。不过仨月，Anna就为老朱添了两群新鸽。老朱的付出也很快赢得了一展身手的机会。在接下来全市举办的一次远程500公里信鸽放飞大赛上，老朱精心挑选的唯一鸽手"微星"以458分钟的成绩排名第一！微星返巢时，眼皮上结了厚厚的伤痂，老朱想到它又饿又累，冲破突降的寒流和大风取得了胜利，激动地捧住它亲了又亲！

　　Anan死后不久，微星成为了老朱的精神支撑。然而，意外发生了。就在最近一次规模庞大的放飞大赛上，微星突然莫名失踪！直到比赛结束，依然音讯全无。老朱心疼得直抖。其实，气候突变、受伤疾病、天敌啄食、同类吸引，常会导致信鸽丢失。可老朱还是难以接受，很快病倒了。

老伴拿老朱没办法，除了天天陪着打点滴，还给儿子去了电话。儿子一向粗枝大叶且正忙毕业，浮光掠影地问几句，便将自己的规划和盘托出。原来，儿子和女友受女方家里支持准备出国留学。老伴一听就慌了，老朱能为一只鸽子病倒，现在儿子竟要出国？于是，要儿子赶紧回家从长计议。

儿子回到家，老朱已和老伴整了满满一桌菜。儿子见老朱气色不好，一问才知是因为一只鸽子。正吃着饭，儿子突然放下碗说，爸，我决定不走了，在哪都是学，都能出息人！哪料老朱也将碗一推说，去吧儿子！出国这事我压根就不会阻拦，只是你们不能瞒着我。儿子听了喜出望外，真的爸？那我到了国外也养只良种鸽子，我要让它成为横跨欧亚大陆的信使！

儿子走后大半年，越洋电话开始频繁。每次总不忘问，我在牛津养的鸽子飞回来了没有？老朱每次都摇头说没。直到有一天深夜，儿子打电话回来时，哭了。老朱擎着话筒沉默良久，没问原因，却说了两句意味深长的话："别忘了，你是警察的儿子。还有，咱们的鸽子飞回来了。"

乡村凉拌

撒一把围棋子在黄土地上什么样，那群在腊月河滩里啃食枯草的羊只就什么样。

它们低着头，近看像泥塑。三三两两，围住那个驼背老头。

老头头顶旧毡帽，两鬓如霜雪染，静坐如一块礁石。忽然一挥手，牛皮鞭子"啪啪"蹿响，空气里便鼓荡起干草与羊粪的清香。

这定是你在乡间腊月，时常能见到的画面。是不是像盘山野菜？带给你一种久违的清鲜——

让我们，再加把葱花。

于是，两个女孩儿翩然出现。她们一高一矮，一红一绿，背冲圆滚滚的夕阳追逐嬉戏。忽然，就悄然伫立，像两株娇嫩的麦芽儿，用鲜白小手偷捡了石子，远远掷向背对的老头。

老头转过身，见她们喳喳地跑散，满脸褶子"哗啦"一下，花儿般开绽！

再来头蒜。

让那个灰头土脸的男孩儿，像匹野马冲进我们的视线。他一出场，就尘嚣飞扬、嘶声震天，搅乱了整个河滩。他用厚厚的棉鞋底儿，"嘣嘣"地跺着冰面，急得那放羊老头挥着牛皮鞭，囊囊向这边飞赶！

撒把芝麻粉。

她们俩，从小一起长大，好比邻里的姊妹花；他是老汉的独孙苗儿，出了名的天不怕地不怕！

三只不安分的小羊，日夜蹦达在驼背老头的身旁。

他们过家家。他做爹，姐做娘，妹妹当闺女。采来藜蒿蕨菜鱼腥草，花椒薄荷马齿苋，将小家日子过得红红火火。

他们在冬闲的麦场里疯跑，在悬冰的屋檐下蹦高，钻进秫秸垛里睡觉，爬上光杆柿树掏雀儿；时常在一个天井里吃饭，一个火炕上通腿儿，藏在破败的墙头下、缩进屋后的小树林里嬉嬉笑笑闹闹偷偷地亲嘴巴……

他们像地垄里的玉米，嗖嗖地拔节。

该倒醋了。

他和姐姐高出妹妹两年级，一个班级学习，关系越来越密。渐渐的，他和姐姐开始形影不离，直到考去乡里念中学，两人私下里发誓：一定要发奋考上大学，将来结婚成个家！

掺点香油。

于是，活村上下都知道，他和姐姐不但功课好，而且长得山清水秀早晚是一家。妹妹每回见着他们，更是大老远用手指刮鼻尖羞他俩：

"小两口儿，不害臊，起大早，睡大觉！"

姐姐立时羞得狠命去追，他则快步如飞跑出十几里路，悄悄躲进玉米地，专等姐姐路过时唬她一跳！

她就再攒了拳头追他，他就在玉米地里奔蹿。

他们摔倒在地，笑得上气不接下气。随后，就蓦然停下，互相对望，眼神渐渐迷离。

就在两张唇，将要合二为一时，她却忽然睁开了眼，紧紧攥住他的手说："不行！"

"为啥？"他急了，"就一下，还不行？"

她说："不行就不行！好好念书，我给你留着……"

最后，放盐。

那个高考前夜，窗外电闪雷鸣。他忽然浑身湿透了找到她说，村里捎信儿来了，爷爷死在了荞麦田里，他得马上赶回去！

她惊慌失措，一下子哭出来："你快去快回！我等着你！"

他狠狠剜了她一眼，边跑边回过头在雨雾里喊："你好好考，我去去就回！"

第二天，她发现他根本就没来考试。她一考完就发疯地往回赶，到了村口才听说：原来他失去的不仅是爷爷，而是全家人。

那个雷雨夜，狂风刮倒了高压线，赶羊回来的爷爷被当场电死，之后便是他陆续找来的爹和娘！她求他再去考一次，她等着他！他推开她说："别犯傻！我复读，你先去上！"

她哭成了泪人，把自己深埋在他胸前。

她考去了北京，暑假回来，却得知他已外出打工，杳无音信。

拿筷子，拌一拌。

她留在了城里。住楼房，开汽车，说普通话。童年早像那片干涸的河滩，很少再有波光潋滟。

有一年，她回老家小住。临走，她忽从车窗里看到两个人。他，和她夕年的邻家妹妹，正并肩挑着粪篓往家赶。

她看见他依然宽厚的光背脊梁，日头下黝黝的泛亮。她看见妹妹的脸上，分明有幸福的笑容荡漾。他们一齐走向她，越来越近。她却忽然踩响了油门。

CD机里，就有山歌开始流溢：

"叫一声哥哥哎，你走得慢一点，

妹妹还在山这边，

叫一声哥哥哎，你等一等俺，

妹妹累了走不多远……"

哦，差点忘了加芥末——

她的眼泪就下来了。

迷路的女孩儿

闪海新识的女友汪梅，在一所乡镇中学教书。

汪梅每有晚自习，闪海都要骑摩托车去二十里外的学校接她回家。

接送虽然辛苦，可闪海喜欢汪梅轻轻揽住自己后腰、小鸟依人般模样。再者乡下美丽的星空和清新的空气，也常让闪海感到心旷神怡。

饱受爱情滋润的闪海，爱上了这跑夜路的感觉！

可最近，他们俩遇到麻烦事儿了。

闪海的摩托车，总在半道儿上被莫名其妙地扎胎。

这很要命。摩托车夜路上被扎，前不靠村、后不着店，根本就没法儿修理。两个人摸着黑推车，一步步艰难前行。那滋味，实在遭罪！

闪海就觉得这事儿蹊跷：为何车总在回来的路上、差不多同一地点被扎？而且扎进轮胎的锐器总是玻璃碴或图钉，显然不合常理……

闪海下定决心，非要查个水落石出！

于是，在一个汪梅没有夜辅导的晚上，闪海仍然骑车来到了那个经常"出事"的土坡附近，将车推入小树林，自己委身藏进草丛里。

适值初秋，花草葳蕤，百虫啾啾，月盘朝开阔的野地里散下大片银辉，不远处溪流在山坳里淙淙流淌。这一切都让闪海觉得陶醉。

但那个可恶的目标却很快出现了！

那是个个头不高、十五六岁模样的女孩儿，忽然就从野地里奔出来。距离较远，借助月光，闪海只能隐约看到她双手平端一张薄儿木板，鬼鬼祟祟向公路跑去！然后她警惕地四下张望，迅速抖动木板将一些杂物撒落在公路上！

谜底揭开了。闪海禁不住大吼一声："哎，你站住！"随即像头跃起的猎豹，向着女孩儿方向飞扑过去。

女孩儿被平空的断喝吓得几将跳起来，丢下木板急忙撒腿就跑！闪海紧追不放。

女孩儿箭一样钻进玉米地里，跑不多远却忽然被盘根错节的枝蔓绊倒在地，闪海喘着粗气奔上前反剪住其双手，像提小鸡似的将她押了出来。

"说！为什么在路上搞破坏？"闪海气喘吁吁，怒声逼问。

女孩儿早就哭了，只是没有哭出声，淡薄的月光下，满脸湿亮。任凭闪海怎么晃她、问她，就是不回答。

"小小年纪就不学好！"闪海继续训斥，"知道半路上给车扎了胎，别人多难受吗？"

这时，女孩儿却开口了："我就是要让他们难受！"一边眼泪汹涌而出。

闪海越发气不打一处来："看来你是故意的！走，我送你去派出所！"

女孩儿听了拼命地扯住草根，像一小摊泥巴，怎么也拉不起来。

"好，只要说清你为什么这么做，我就放了你！"闪海有点心软了。

女孩儿一听，哭声忽然开始放大："是你们杀死了我爸爸！你们赔我的爸爸！……你们都是凶手！我要给爸爸报仇！呜……"

闪海感觉讶异，这孩子该不会精神有问题吧？"不许撒谎！慢慢说……"

女孩儿继续哭喊着："十天前的晚上，大约九点钟，我爸爸，呜……被一辆面包车轧伤了……我拼命喊人，拼命喊救命……就是没有一个人来理我！轧伤爸爸的汽车也逃走了……我喊了整整两个小时，都没有一辆车肯停下来帮我……"

"所以我每天晚上九点钟都来路上撒钉子……我要给我爸爸报仇！他死了，你们所有人都是凶手！……"女孩儿歇斯底里地怒吼着。

闪海当即愣住！他无论如何没想到，在这弱不禁风的女孩儿背后，竟有如此凄惨的经历。

"那你现在还上学吗？"闪海试着温和地说。

女孩儿的哭声却再一次放大："我想！可妈妈早就改嫁，我没有钱交学费了……"

闪海的泪水一下子冲出了眼眶。"给！"他慌忙从裤兜里掏出两百块钱来往女孩儿手里塞去，"先拿着！好妹妹，大哥刚才是逗你玩呢！别害怕。"

女孩儿仍旧抽泣着，坚决地摇头。

闪海忽生一计："要不这样，好妹妹，你先拿着钱交学费，明晚大哥我也来和你一起撒玻璃、抓坏人怎么样？"

女孩儿用瘦弱的胳膊抹着眼泪，将信将疑接过钱，深深地望了闪海一眼，突然爬起身来跑掉了。

接下来的几天晚上，闪海和汪梅一早就来到那处土坡附近，等那女孩儿再次出现。可每次，他们的等待都落空了。

闪海直后悔没留下女孩儿的住址。

站在广阔的星空下，闪海想，但愿那女孩儿是迷路了吧，她再也找不到这个让她噩梦开始的地方了。

做一回别人的老公和老爸

半夜，我忽然接到一个电话。

是个女人打来的。女人在电话里哭着问："是你吗？我好害怕！"

我没听出是谁，连忙安慰她说："别怕，怎么了？"

女人说："女儿现在正在手术室里，我好害怕！我怕失去她，你知道我有多么爱她吗？如果她出了事，我简直不想活了。"

呀，她是打错电话了。

可我的同情心空前地膨胀起来。看看身边熟睡的妻子，我用尽量轻柔的话语劝告说："你坚强点，什么困难都会过去的，相信女儿不会有事！"

女人呜咽说："谢谢你，这个世界上也许只有你还在乎我们，你知道女儿最近的成绩吗？她又考了全班第一名！可是她的病，她不让告诉任何人，她不想让老师和同学们来看她。"

我说："女儿好样的。"

女人听了，情绪似乎稍稍有了些放松。女人说："女儿现在不但学习刻苦，生活上也学会俭朴了呢，不再像以前一样喜欢乱买新衣服，还有，她还知道整理家务了，知道帮我做这做那，乖得像一只小猫，我现在真是一刻也离不开她啊！"

我说："女儿真棒。"

"她十一岁了！"女人口气变得自豪起来，"在同龄的孩子中，她是最高的。像不像你？"

我连忙说："不，我个子不高。"

我以为这下女人该听出来了，可她仍深深地沉浸在叙述当中："其实，女儿能长一米六五就够高了，你说呢？"

我不置可否。

女人的哭泣声小了下去，话语里充满了慈祥。女人说："可女儿再懂事也还是个孩子。前几天，邻居张叔叔给她抓了只鸟，她见了喜欢得不得了！每当我看到女儿和鸟玩耍的样子，我真感觉开心，感觉身上所有的疲劳统统都没有了。"

"你说，咱们女儿像不像一只美丽的小鸟？"女人再次轻声地发问。

我该怎么回答呢？女人究竟把我当作了何人？是远在异地的丈夫？还是未能见面的情人？我开始为自己冒失地应答而感到尴尬。

再者，如此深夜，与一个陌生女人轻言细语，若被妻子醒来听到，岂不是一件很难解释的事？

于是，我选择了沉默。我不作声，是希望女人有所察觉。可事实上女人非但未察觉，反而话语仍像潺潺的溪水一样流淌个不止。

女人说："女儿最怕打针的，你还记得吗？她小时候一听到打针，嗓子都哭哑了。她7岁那年冬天，一天晚上磕破了头，去中医院缝疤，女儿的哭声搅得整座病房楼上的灯都亮了，身上棉袄都湿得透透的。"

女人说："女儿在家里淘，可在学校里是出了名的乖，你记得吗，每一次我去幼儿园，去学校里，她都是老师嘴里的乖宝宝，学东西最快，最爱帮助别人，被男孩子欺负了也总是回家才掉泪，小小年纪就知道孝顺老人，爷爷在的时候，她从来都是他的开心果。"

女人说："但我还是老担心她长不大，心太善良，怕被欺负，我奇怪孩子为什么长得那么慢？可是这几年来我明显老了，我都成了单位上的老太婆了。有时候我的心情特别糟糕，我就会拿着女儿出气，我用尖锐的嗓子骂她，有时候还打她。有一次，她把书包忘在外面了，我陪她去找，找到天黑也没找到，情急之下我就打她，打得我的手都麻了，她却没哭一声！邻居们看到了都来劝我住手，可我不知道是怎么了，就是疯了一样地打她，她那时才是个十岁的孩子啊……"

"我怎么那么狠呢？我怎么那么毒呢？"说着说着，女人又开始了哭泣，一点一点，声音不大，却像冬夜凄冷的雨，滴滴下到人心里面去。

身边的妻子不经意地翻了个身。我开始心慌意乱起来。女人的讲述和抽泣到何时才是个完呢？我可不是喜欢撒谎的人。这样的情形，不如委婉地告诉女人吧，是她打错了电话，找错了人。

于是，我在女人断续的哭泣中，委婉地进行着解释。可话刚一张口，女人突然回答说："很对不起，其实我知道我们并不相识。实际上，我欺骗了你，我女儿手术失败已经走了两个多星期了。可我实在不敢相信，我无法控制自己，她的父亲和爷爷奶奶几年前就因为车祸离开了，我身边再也没有一个亲人。今晚我是随意拨打了一个电话，想不到竟打通了，是你给了我一个放肆的机会……"

我愣住了。想不到，事情竟是这样。女人在电话里说："谢谢你，谢谢你肯听我的电话，而没有很快揭穿我，我真不知道该怎样……"突然，不知是那边手机没电，还是她挂机了，电话没有了信号。

我轻轻躺下来，却惊异地发现侧躺着的妻子脸上一片湿亮。我忙问：

"你怎么了？"妻子说："你的电话还是老样子，周围三里远的地方都能听得到。"

拥抱明天

2001年8月28日清晨，鲁道夫·朱利亚尼急匆匆地乘车赶往纽约市医院。在这里，一名年轻英勇的消防队员刚刚辞世。

早在鲁道夫当选纽约市市长以来，他即发誓，若任何纽约市民在工作中受伤，他都要亲往现场。

鲁道夫见到的场景令他黯然神伤：一个年轻的生命早早消逝，一段亮丽的华章戛然而止，一个残破的家庭再度受到重创……

死者的母亲戈伦巴在过去的四周里，接连失去了父亲和丈夫。现在，她唯一的儿子又已经离她远去。鲁道夫不知道该怎么安慰她，只好在表示诚挚哀悼的同时，与她悲痛地拥抱。

这时候，戈伦巴夫人在鲁道夫耳边轻声地问道："下一周，我的女儿将和她深爱的恋人举行婚礼，现在，她已经失去了她所有的男性亲属，婚礼上没人将她托付给新郎。以前我们就曾崇拜你，所以，你能帮我老婆子一个忙吗？请你参加我女儿的婚礼，并在婚礼上领着她走向牧师。"

鲁道夫听了赶紧躬身回答："我不胜荣幸。"一边在心底惊讶于戈伦巴夫人在巨大的喧嚷和悲鸣声中，竟可以恢复成为室内最冷静的人。

鲁道夫问戈伦巴："你如何能应对这可怕的灾难？你是从哪里汲来生活的力量？"

戈伦巴看着鲁道夫的眼睛只说了一句话："去试图拥抱明天吧！"

这句话像一道闪电在鲁道夫的心底划过。他彻底记住了戈伦巴这位其貌不扬的老太太和下个月的9月16日——那场令人唏嘘感慨的婚礼，将在布鲁克林区的加里森海滩举行。

此后只过了十天，9月11日的早晨，鲁道夫正走在去市中心的路上，突然，仿佛整个天地剧烈地旋转起来，轰鸣声、倒塌声、陷落声不绝于耳，熊熊烈火和悲惨的号叫弥漫了整座城市，纽约市中心骤然间瘫痪了。

鲁道夫和同事们急忙躲进路边的一座建筑物避难，结果却被残骸烟雾埋在其中，灰尘呛得人险些窒息。二十分钟后，鲁道夫终于侥幸死里逃生，可呈现在他面前的是浓密晨雾中无数的残垣断壁和支离破碎的钢筋混凝土。

鲁道夫眼含热泪告诉自己，他遇上了有生以来最大、最恐惧的灾难。美国最著名的两座标志性巨厦转瞬之际沦为废墟，成千上万的人心惊胆战、流离失所。接下来，他不但要去履行自己的诺言无休止地到现场察看，而且要接受无数记者的采访、追问，频频召开新闻发布会向市民解释……

疲劳、误解和疑虑很快使鲁道夫精疲力竭，在他心灰意冷、惶惶不安的睡梦里，他一次又一次梦到劫机、倒塌、喧哗、塌陷、死亡。这让他难以安眠，生不如死。可就在梦里，在这些恐惧事物的背后，鲁道夫还多次梦到了同一个人的一张脸：那个苍老而冷静的戈伦巴夫人的神秘面孔。

正是她那坚定执着的眼神和那句短促有力的话语，让鲁道夫醍醐灌顶般地清醒过来：是的！灾难降临了，死亡迫近了，不幸接踵而至，怎样才能应对这前所未有的灾难？如何才能汲取生活的力量呢？

戈伦巴夫人已经给出了正确的答案："去试图拥抱明天吧！"鲁道夫感觉筋脉中的鲜血沸腾了！

于是，鲁道夫开始在新闻发布台上显得镇静自若，他一次次正确的指挥获得了市民的理解和拥护，他在话筒里一遍遍重复着充满豪情的一句话："亲人们，为了生存，去拥抱明天吧！"

没多久，美国世贸大厦的遗址上升起了美国国旗。

那个噩梦后的第五天，鲁道夫准时参加了戈伦巴夫人女儿的婚礼。数以千计的人们得到消息后也自发前来祝贺，整条街道被围了个水泄不通。他们沉浸在喜庆的海洋中，热烈地鼓掌、歌唱，使半边天幕充满了欢乐的笑声和愉快的祝福。那阵势，决然不像一个刚刚遭受了恐怖袭击的城市应有的景象。

鲁道夫一直站在人群里默默搜索着那个启发他走出困境、窘境的老人，可他一无所获。最后，鲁道夫是去教堂内室放外套时，意外发现了躺在棺木里已经安然死去多时的戈伦巴夫人。在她的周围，布满了葱郁的绿叶和鲜嫩的花朵。显然，亲人们早已知道她离去多时了。

远处喜悦的乐曲声正一浪高过一浪，喧沸的人流向着天边潮涌而去。鲁道夫站在巨大的教堂窗口，双手缓慢地于胸前画着十字，眼睛里流出热辣的泪水。

鲁道夫在戈伦巴夫人手里，发现了一张留给他或者所有人的便笺："不要沉溺于任何形式的苦难，死亡并不可怕，请你站着去拥抱明天！"

父亲的椰子

远远，看见路边有个水果摊儿。

老板一把年纪，穿着单薄，正在料峭春寒里瑟瑟发抖。

心里一动，去买点水果吧，给三岁的女儿。

"这是什么？"我指指那些椰子问。

"椰子，五元一个！"老板边开始为我挑拣，边介绍着椰子的吃法。

我笑了，轻轻地，像是在内心里哈一口气。

其实，我又何尝不认识椰子？非但认识，而且吃过。虽然迄今只吃过唯一一次，但那足以让我铭记一辈子。

那还是三十年前的事，父亲一年到头经常在外出差，为了回家后能迅速跟年幼的我们亲热起来，他总是用微薄的工资给我们买好吃的！

有一次，父亲提着一个鼓鼓囊囊的黑提包回来了。

他招呼着躲到门后的我和哥哥，让我们猜猜他带回了什么好东西？

我们当然经不住诱惑，咬着手指跑到桌子边，迫不及待地拉开了手提包拉链。突然，一个棕色的圆鼓鼓的东西暴露于眼前，吓了我们一跳。

"皮球！"哥哥怯怯地喊道。

"布娃娃！"我有些底气不足。

父亲笑着摇摇头："先别着急下结论，摸摸看嘛！"

我们就大着胆子，依次拿手去摸。可是摸来摸去，不但仍对那东西一无所知，并且越发着急，干脆一下子窜进父亲怀里，央求他快点说出谜底。

父亲一左一右地抱着我们，乐呵呵地介绍道："这可是一种热带水果，名叫椰子，只有南方才有卖的，我一路上提着它就像提了个大炮弹！"

这时候母亲进屋听见了，半是埋怨地说："那么远的路，你提这么个东西回来干啥？这东西咋吃？能好吃吗？"

是啊，这么个毛绒绒圆鼓鼓的硬壳子能好吃？接下来，我们哥俩半步不离地缠着父亲吃椰子。而父亲驾轻就熟似的给我们表演着为椰子凿孔、倒椰子汁，并很公平地给我和哥哥各分了小半碗，给母亲和他自己留了一酒盅。

啊，椰子汁啊，椰子汁，那味道真甜！真香！

正当我们回味无穷并意犹未尽时，父亲又将椰子抱进了厨房，用一把大砍刀对准了“哐哐”劈开，用小勺挖出里面雪白的椰肉来，塞进我们嘴里。

“来来，每人一小口，不许抢，喝完了椰汁，再吃椰肉……”

相信在我脸上，始终漾着微笑。这三十年来，每当我回忆起父亲当年带回的椰子，心里就充溢着一种无比的温馨。现在，我也提着两个沉甸甸的椰子往家赶，要让女儿也尝尝它的甘甜！

回到家，父亲已经接回了放学的女儿。我迫不及待告诉她爸爸买好吃的了。可她跑过来只看一眼便噘起了嘴巴：“哼，原来是椰子呀，我早在幼儿园加餐时吃过了，一点都不好吃！”

没想到，竟是这种结果！我只好摇着头冲父亲说：“现在的孩子，什么都不缺，什么都不稀罕。爸，趁新鲜你快打开吃了吧？我去陪她玩会儿。”

父亲点点头，进了厨房。过了老半天，我抱着女儿玩累了出来，却惊讶地发现父亲还在用一把螺丝刀对着椰子的半腰钻。

我急得喊出来：“错了，错了！椰子的顶端不是有孔吗？要对准了孔钻才行呀！”

父亲听了，这才找准位置，用力钻开一个孔后，立即将椰子反过来向碗里倒，可椰子汁一滴也倒不出来。

我只觉得好笑：“爸，你得至少凿开俩，叫空气对流了才能倒出椰子汁啊！”

父亲这才恍然大悟般，再次用力凿透一个孔，终于倒出了椰子汁。望着哗哗流下的琼浆，女儿丝毫不为所动，我却忍不住端起碗来就尝。

可入嘴的椰子汁，真的口味一般，再也难寻旧时的清冽和甘甜。

接下来，更令我感到吃惊的事情发生了！

喝完椰汁，我抱着女儿，提议让父亲去打开椰子吃椰肉，哪料父亲闻所未闻地说：“这东西不就是喝汁的，哪能再劈开吃呢？”

听了这话，我惊愕当场！如果说，一开始父亲凿椰子不得门径，许是因为年代太久手生了？可难道喝完椰汁再吃椰肉的要领他居然也忘记得一干二净！父亲可不是个健忘的人啊！

"来来，佳佳，爸爸去给你打开椰子吃椰肉吧？"女儿大概从没吃过椰肉，高兴地应着跟我跑进了厨房。

我让女儿离远点，手起刀落，对准椰子"哐哐"几下就砍出了雪白的椰肉。女儿乍见，高兴地跳着、笑着，跑上前去抓起来就吃！

我转身放刀，却发现父亲此时就默默地站在橱窗外。眼睛里，满是熠熠的光在闪动。他真的忘记了怎么吃椰子吗？

忽然，我一下子想明白了。父亲他，的确是真的忘记了。

当年，父亲是承载着全家人希望和梦想的顶梁柱，是他一次次想方设法给年幼的我们带来惊喜和欢乐，哺育我们渐渐成长，而他也在这种其乐融融中感受到自己的价值与收获；而今，父亲年华老去，育儿的职责已被初为人父的我所替代，如今的我，将女儿的健康和快乐视为自己最大的心愿，所以我也时刻不遗余力地在女儿成长途中制造着惊喜和欢乐。

所以，父亲的遗忘其实是再正常不过的，他当初的现学现卖只不过想持续地带给儿女们快乐，并已然给了我们日后不尽的温馨。如此，足够了。

第四辑

爱恨同眠

酒事

十年前，也就是我参加工作后的第二年，有一次全局民警开大会，政工科长点到一个人名，人群里突然爆出一阵哄笑，我立即侧身去看，这才认识了老陈。

老陈当时并不老，顶多四十挂零。可关于老陈的那些段子，实在让我们这些新警察"惊艳"。

老陈身上的经典，大都与酒有关：

那些年，公安机关没有禁酒令。老陈酒量大，没事喜欢眯两盅。有一次，老陈酒后骑着"撒三"，冒着大雪从派出所往家赶，到了家门口披着雨衣就趴车上睡了。第二天媳妇出门扫雪，发现门前堵着一大堆东西，还以为是老陈终于托人把取暖的炭给买回来了，哪知用扫把一划拉才知道，那堆东西根本就不是炭，而是老陈和他的"撒三"。

另一次是过干警日，派出所与当地群众搞联欢，没有值班任务的老陈喝到天黑没显醉态，而慰问的村干部却都大醉而归。值班同事纳闷，老陈真没事？一会去后院看看，却见老陈正在和一棵梧桐树较劲。

原来老陈找不到厕所，半道上解开腰带方便。之后将拳头粗的梧桐树扎进了腰里，等到完事要走，梧桐寸步不让，老陈边挣边还发了火："谁也别拉别拽！我说不喝就不喝了，再喝就出洋相了……"

第四辑／爱恨同眠

老陈最经典的酒事，发生在十二年前的一个冬夜。那天老陈和同事经过几昼夜蹲守，抓住了三个偷牛贼，为群众寻回十多头耕牛。消息传开，大快人心，几个村的群众自发赶来慰问，眼看民警忙完工作月亮都爬上屋脊了，流着热泪非要与老陈他们喝一杯。

那场酒喝的，老陈后来回忆说，直接用上了脸盆。

等到酒终人散，老陈依旧骑着那辆"撇三"往县城赶。可没想到一阵风驰电掣后却迷了路，光在一个转盘处，就折腾了不下二三十趟！

后来老陈干脆将油门加到底，整个人像在风里飞起来，飞着飞着车没有了，路消失了，一切都模糊不清了，仿佛也终于到了家。可等第二天大清早恢复意识时，老陈发现自己仍趴在"撇三"上，而近在咫尺的一块界碑上写着一个令他惊掉大牙的地名：此地离派出所足有一百公里远！而且此时"撇三"的右边"雅座"竟不知下落，刚加满的油箱也早空空如也……

有关这些猛料，多年来我一直半信半疑，直到调入宣传科，到老陈所在的派出所采访，才终于有了证实的机会。

老陈还是那个老陈，除去头发白了，职务、脾气和爱好都没变。不过干起活来，却十足是个粗中有细的人。忙完工作，华灯初上，不值班的老陈硬是把我留下喝两盅，可结果还没等他找到状态，我已被灌趴在地。

半夜醒来，我见老陈正独坐床头抽烟，向他借火，竟吓了他一跳。

抽着烟，俩男人的距离自然缩短。

我打趣老陈："您那些陈年酒事，到底有几分真假？"

老陈坦白交代："都是真的，千真万确，就是背景不一样！"

"背景？"我表示疑惑。老陈深吸一口烟，久久不吐，"我这辈子！没文化，没特长，稀里糊涂干了公安这行，可公安是好干的吗？得舍得，得玩命，得豁出去……"

"年轻时家里穷得揭不开锅，别看抓人时腰里别着枪，可出去照样叫人笑话！后来，半夜抓个偷铁的，我跑在最前头，眼看要抓住了，谁想枪走火把人给崩了……再往后，天天泡在这老山窝，娘们改嫁、老人生病、孩子上学，哪一样我都没管好……"

说到这，老陈沉默了。我感到沮丧。眼前的老陈，再也不像个传说，而是充满了失意和窝囊。可我的眼角，分明不知不觉地潮了。

不久，有了禁酒令。再见老陈，依旧打趣："还喝吗？"老陈五十岁的人了，干瘦如柴，脸上褶子一大把，笑起来活像泡开的菊花茶："喝！怎么不喝？下了班照喝，一辈子就这么点爱好啦……"

写这篇东西前，最后一次见老陈正值局里开展民警驻村活动，作为随行记者我跟老陈他们进村走访，可镜头盖还没打开，就有人拦住了去路。我走在后面没搞清状况，却见老陈突然撒腿就跑。

原来，村机井里有洗衣孩子落水！

等我扛着摄像机，一路粗喘着跑到机井边时，一群得了救的女孩却正哭得叫人心碎：老陈他一眨眼工夫托上来仨孩子，自己却沉到水底，没了动静……

一分钟，三分钟，五分钟，等待对不会游泳的人来说残忍至极！终于，识水的增援赶到了，可还没等下水，井中猛的射出一阵气泡，穿着警服的老陈横着浮上来了。

众人七手八脚将老陈扒到岸上，百般抢救无效。我悲恸中举起手中的摄像机，老陈却"哇"地一声，吐出一口浑水来！

老陈是被水底硬物勾住了腰带，挣脱不了只能拼命喝水，后来实在喝不动了，钩子竟也莫名其妙地松了。

捡回一条命的老陈，瞪着血红的眼珠子盯着摄像机。我一下明白过来，说："老陈啊，太感人了，有什么你就说几句吧！"

老陈听了就像大醉初醒，口鼻喷沫地朝我吼道："兄弟，咱可是海量啊！"

绝活

在局里，我们这些写材料、搞宣传的常被比作偶像派，而那些干抓捕、搞审讯的则属于实力派。

冷教就是这实力派中的实力派。

冷教姓冷，现任刑侦大队教导员。一米八五的身高，虎背熊腰的身板，超强精准的枪法，非比寻常的胆识，天生就是干刑警的料！

冷教自打穿上警服那天，就在刑警队摸爬滚打，一晃三十年过去，抓人破案无数，积累的经验像浓稠的蜂蜜一样让年轻后生垂涎三尺。

关于冷教侦破的大案实在太多，这里按下不表，倒是有件小事值得说来听听：

那是个滴水成冰的冬天，冷教下了班站在大队门口等车。因为刑警楼紧靠中心路，街上车水马龙人来人往，冷教正两手叉腰悠闲地左顾右盼，突听近处一阵急刹车声，一个青年连人带车摔翻在路边。

冷教几步上前扶起青年，青年却早已吓得脸色发紫，嘴中求饶似的大喊："冷叔，俺再也不敢偷车了，求求您放俺一马！"

冷教一听，心中暗喜，再看歪倒在地的摩托车，果然没插钥匙，于是像拎小鸡一样将青年抓回了刑警队，不费吹灰之力破获盗窃案件多起，缴回赃车十余辆。

后来，该青年受审时交代，他有不少大哥兄弟先前都被冷教抓过，偌大个县城，特别是他们那条道上的流氓痞子，几乎无人不知冷教的名字，无人逃得过冷教的抓捕。他年龄轻、胆子小、刚出道，当时做了案正心虚，路过刑警队门前偏巧又发现冷教在看自己，不禁浑身乱抖手脚失控，一个趔趄连人带车摔了个四仰八叉！

事后，同事们打趣冷教：以后别坐办公室了，天天站在刑警队门口守株待兔就不愁破不了案。冷教听了不屑一顾，说这事不怨那兔崽子没长眼，怪只怪我自己长得丑，出来一站就能吓唬人！

说到长相，冷教的确个性！冷教浑身粗枝大叶，头大脸宽，高耳长腮，眉毛粗斜，唯独一双眼睛虽小但盯人时常常暴射精光，让人不寒而栗。可谓赛得关公，却又比关公冷上三分。常人即使是同事，也最难见他一笑。

有人说，这都是冷教长期干刑警落下的"病"。别说是坏人就是好人让他盯一会儿，心里都冷飕飕得发毛！

其实说到"冷"，冷教长相还在其次，更冷的是他的脾气。

冷教行事向来雷厉风行、快人快语，最恨打官腔、摆架子、搞务虚，尤其对屡不开窍的后生更是接近于刻薄，甚至不近人情。

有一次省市两级高层领导前来视察，冷教作为破案统帅高度重视，亲自和内勤忙活了一天一夜，把材料准备得精致妥当。不料领导当日姗姗来迟，一不看案卷，二不听汇报，却围着警队厨房、浴室、厕所转了一圈，坐上车就直奔了酒店。

冷教心中郁闷，饭局上杯筹交错，又听领导对警队厕所的卫生表达了遗憾，起因是领导去厕所时扶了一下墙壁，而发现墙缝里有蜘蛛网。轮到冷教敬酒时，有人劝冷教把酒干了，让领导随意。哪知冷教接过话茬说，"厕所才是随意的地方，我们干刑警的一忙起来经常连想随意都得憋着！大家多包涵，我这人没文化，还真不知道打扫厕所卫生跟提着脑袋破案有啥关系！"

一桌人全都呆愣当场。

像这样的事，冷教身上多了去了。或许正因如此，冷教的仕途并不顺利。索性冷教并不看重，对他而言，破起大案跟立个大功、抓几个逃犯跟升官发财，他会毫不犹豫地选择前者。

用冷教的话说，破大案、抓逃犯，才能让一个刑警感到过瘾！冷教这些看似不近人情的"冷言冷语"和"冷面无私"，却也常常赢得了不少年轻民警的赞叹和崇拜！

冷教毕竟年龄大了，最近一次调整分工时，领导有意让他常驻郊区训练基地，说过去既可督促基建进度，也可顺便调养生息，是一种政治待遇。冷教破例笑笑，卷起值班时用的铺盖卷就去了。

可去了，接着又回来了。

县城新发一起特大绑架案，冷教着急上火主动请命，领导无奈只得答应。

冷教一出，果然不同，他带人深入车站、KTV等人群密集场所，靠着众多眼线深挖线索，很快使案子水落石出，准确锁定了嫌疑人。

抓捕在一个午后展开，民警赶到时，狡猾的嫌疑人预感不好，一哄而散逃进了干涸的河床。冷教跳下车赤手空拳追在最前方，眼见对方越逃越远，突然急中生智咬牙大吼："再跑我就开枪毙了你们！"说完分别朝着不同方向，用口舌连弹四声："啪"、"啪"、"啪"、"啪"……

说来神奇，四声舌弹在空阔的河床里听来直赛枪响！逃向四方的歹徒闻声相继抱头，一骨碌跌趴在地上。民警随即一拥而上，轻而易举就收拾了这帮虾兵蟹将。

——这个抓捕过程是不是太离奇了？根本就不适合在新闻报道里渲染。所以，我只能把它如实写进了小说。

事到如今我还想说，老天，那一刻，冷教真"冷"（cool）！

良心

世上没有两片相同的叶子。但世上偏偏总发生一些似曾相识的奇事。

今年冬天一个凌晨，巡警老白和队员开车经过居家城市场，由于车速慢，透过车灯，老白远远发现地上散落着大把钞票。

此时，天上正淅沥下着小雪。

而随着小雪飘然落下的，还有一些花花绿绿的钱。

夜巡这么多年，老白算头一次开了眼。天上下雨下雪下冰雹甚至下沙子他都经历过，唯独下钱还是第一次见。

老白下了车，顺着飘钱的方向抬头看，发现头顶高耸的塑钢大棚边角上，正斜搭着一个黑色皮包，钱就是从那里面忽忽悠悠地飘落而下。

老白赶紧指示队员去够包，自己弯腰去地上捡钱。难不成这真是上帝的打赏？不要白不要啊！

可捡着捡着，老白发现情况不对。

钱大都是些毛票，上帝怎么那么吝啬？

而且捡着捡着，老白有种强烈的不祥预感，问题究竟出在哪儿，一时说不上来，可天那么冷，他愣是冒了一背的冷汗。

等队员把包够到手，地上的钱捡完，仔细一数，总共一千三百五十六块四。

有队员嘴快说："白队，情况不妙啊，一三五六四，一天没好事。天马上就亮了，咱撤吧？"

"撤？这鬼天，谁不想老婆孩子热炕头？"老白眼盯前方，前方是平时用塑钢大棚挡雨遮阳的菜市场，此时一片死寂黑不隆冬望不到头。"可事儿太蹊跷了，你们以为真是财神爷送钱？"

"有可能！"队员兴奋地说，"以前电视上还演过刮风下鲤鱼的事呢！"

老白冷嘲，"那财神爷也忒小气了，看看这些钱，百分之八十都是毛票，还油乎乎脏兮兮的，像他老人家的手笔吗？就给这么点！"

老白说完，上车拿了手电，命令队员和自己继续往大棚深处走。队员们也来了兴致跟上，那架势颇有点阿里巴巴领着众乡亲发现了金山一样。

可他们一直走到尽头，再没有发现半毛钱。一路上也没遇到半个人影儿。

队员失去了兴致，冻得冷冷缩缩，老白却在往回走时眼珠子仍瞪大着到处撒摸。

终于，老白的预感应验了。他们虽走在同一个大棚下，但中间因有石板隔着，来回走的是两条道儿。返回途中，老白突然用手电指指左前方的地上，问身边队员："你们看，那是什么？"

队员们不看不要紧，一看汗毛都直起来了——

在那排极低的水泥隔板下面，赫然露出一只脚来，脚上穿着一只沾泥带水的女式皮鞋！

老白和队员虽见过不少伤害现场，可眼前阵势实在令人心惊胆战。所有人的第一感觉，就是发生了杀人解尸案。

老白和队员赶紧上前察看，事情却出乎意料——腿是完整的腿，人也是完整的人。

等他们齐心合力小心翼翼把人从隔板下拽出来，竟发现那中年妇女还有微弱的呼吸！

救人要紧，他们二话没说就把妇女往急诊送。

然而这一送，却让他们没能在天亮时下岗。妇女的家属赶来后，死活不让走，一口咬定就是他们开车撞的人。

尤其是听医生初步诊断说，妇女很可能成为植物人时，家属闹得更为凶猛，非让老白他们掏钱赔偿。

老白和队员百口难辩，掏出工作证，掏出捡来的皮包和毛票，把过程详细说了一遍又一遍，可对方还是不信。队员要火，被老白强行按住。原来，老白也看出来了，对方不是不信，而是怕连他们也走了，找不到肇事者，医药费担负不起！

老白虽心里有气，但更恨那个撞人的家伙。经他分析，那人非但没施救，反而撞倒妇女后把她推进隔板下藏了起来。

要不是老白他们发现及时，妇女的命早就没了！

老白想趁着时间还早，去查那嫌疑人，可家属发觉了，硬拉着老白的胳膊就号："你还是个警察？你讲讲良心啊！你不能走……"

老白腾地一下也火了："是有人的良心叫狗吃了！我现在去给你们找找，找不回来我顶！"

老白把工作证押下了，带着队员返回市场。怎么都没发现肇事车的残留物。这会儿雪又大了，人车过往繁杂，到哪去找肇事车呢？

要说老白脑子就是转得快，去查监控！那么早的时间，看他往哪儿逃？

等老白和队员分头把几个路段的监控找出来，很快就锁定了一辆崭新的红色三轮摩托车。批菜妇女被当场撞击的场面虽没拍到，但那车驶进大棚后一个黑色皮包被猛然甩出来挂在大棚上，数不清的钞票飘散而落的场景却历历在目！

接下来就好办了，家属看录像认出了肇事者。剩下的，抓人。

这事对老白本也不算什么，可从此以后老白多了个朋友，还多了句口头禅。

朋友，就是那个涕泪横流前来还他工作证的家属，他妻子不幸真成了植物人，可老白坚持隔几个月去医院看她，顺便甩出那句口头禅来："人得抽空来看看良心……"

战功

出了县城，向西走两公里，有个斜坡。

上斜坡往北一拐，有一大排平房。

这地方，原先地偏人稀，以养狗出名，俗称"狗窝子"。

实际上，这就是早年县局的警犬训练基地。

听老一代人说，基地红火时，养过二三十只纯种狼狗。每次搞抓捕，声势威严浩大，不但成功率高，而且震慑力更是空前。

然而，随着各种形势的不断变化，警犬数量连年骤减，基地也渐渐名存实亡。

后来，根据工作需要，这地方改成了刑侦大队的一个办案中队。

基地元老，退休的退休、调走的调走，唯独只剩下了民警老倪和警犬"板凳"。

老倪还差两年退休，是专为板凳留下来的。

老倪没啥文化，人长得又黑又瘦。从协勤到转正，虽干了一辈子警察，但喂了半辈子的狗。从未摸过枪、办过案、立过功、受过奖。

板凳就不同了。板凳的父亲虎娃，是条纯种的德国黑背，当年是赫赫有名的战斗英雄。无论是巡逻放哨、守候盘查、追踪抓捕、现场搏斗，都有过值得一提的经典案例。可最后，虎娃是让几个盗窃犯给麻醉后活活打死了。

板凳青出于蓝而胜于蓝，不但长得高大健壮，勇猛异常，而且特别灵性，能与主人心性相通。

有一次，民警们得到线索，深夜去围捕杀人凶犯。进村后发现，歹徒藏匿的屋子虽不大，但院墙极高，插满碎玻璃碴，很难攀爬。若贸然强攻，持有枪支的歹徒早已是惊弓之鸟，很可能会铤而走险，造成不可估计的伤亡。

指挥员冷静地确定了方案：先把两名经验丰富的民警托上墙去，悄然进到院子里，随后迅速打开外门，大队民警随之冲入实施抓捕。

不料，意外发生了：

两民警刚跳进院内，就跌进了陷阱！原来，歹徒白天在院墙下挖了一排深沟，沟底埋了铁夹子，民警跳下去正中埋伏，不但腿脚受伤，而且丝毫不能动弹。

墙外民警进不去，墙内民警受重伤，而屋内的歹徒随时都可能持枪冲出来开火！在这千钧一发之际，一条黑影忽然腾空蹿起。大伙定睛一看，发现那是板凳。

只见板凳矫捷地一纵，已用前肢稳稳攀住墙头。那一刻，板凳躯体几乎拉伸到了极致，足足两米有余！随后，板凳用粗壮的后腿在墙壁上奋力蹬了两下，整个身体又像回缩的弹簧一样迅速收拢。于是，板凳四肢在墙沿上短暂聚合，忽又猛然发力，轻盈地跃进了那个深深的小院。

五秒钟后，躲过陷阱的板凳凭牙齿弄开了紧插的外门。大队民警一闪而入，踹开内门迅速制伏了五名歹徒。而就在给歹徒戴手铐的同时，民警在枕头下赫然发现了已经上膛打开保险的自制手枪和五连发短筒猎枪！

这次惊险万分的抓捕，一下让板凳扬名立万。就连板凳急中生智的主人，也立了个三等功。

后来的后来，板凳立功受奖直如家常便饭，逐渐成为警犬中的王牌。

可这一切，都与老倪无关。

老倪是基地元老不假，可老倪从没训练过警犬，只是个喂狗的饲养员。

其实，饲养警犬也不容易。每天，老倪都得绞尽脑汁给警犬拟菜谱（兼给同事们一起做饭），然后骑着三轮车上街去买新鲜肉，回来精雕细做后得把伙食交给警犬驯养员，由他们亲自给警犬进食，这样做是为了保证训练效果和加深情感。

很明显，老倪干的就是绿叶的活儿，但老倪毫无怨言。

多年来，老倪从未在犬食费上有过差错，"再抠也不能抠狗粮，那是跟自己过不去！"老倪说的是实话。那时警犬的待遇，远远超出民警自个儿的。

老倪的机会，来自多年后的一个秋天。基地解散，同事分流，警犬处置。领导征求老倪意见，老倪瞅瞅院子里唯独剩下的板凳，选择留了下来。

板凳颈上长了一个化脓的瘤子。医生虽说是良性的，但或送或卖都出不了手。

老倪恋旧，从此除了给刑警做饭，就常常牵着板凳去马路上遛弯。再后来，中队改建楼房，实施正规化建设。领导又找老倪谈："板凳不能留了，怎么处理，你看着办吧。"

老倪无话，转头呆呆地望着板凳，眼泪就出来了。

一天中午，心烦气躁的中队长走出审讯室甩给老倪三百块钱，让老倪出去弄盆狗肉开开荤，说屋里俩抢劫犯都审十多遍了，愣是不开口，也找不到证据。

老倪听完走了，过了饭晌却还没回来。民警出门一找，惊得奔回来爆料："老倪头简直疯了，为省三百块钱，竟亲手把板凳杀了！"

众人正在唏嘘，却见老倪提着狗皮端着狗肉回来了。老倪伸手递给中队长一枚钻戒，"你们要找的是它吧？那天我带板凳遛弯，你们开警车过去，有人向着窗外，吐出个用火腿肠皮包着的团子。板凳老了，以为是你们丢给它的，就叼起来吃了。现在我一回想，那准是嫌疑人丢的证据……"

中队长和民警们听了惊喜不已！却又见老倪掏出三百块钱递过来：

"钱省下了，肉一定要吃。不是我残忍，这是板凳最后的牺牲！还有，我这把老骨头也想和板凳一起立个功……"

蛾子

那天清晨一早，蛾子和娘正在北岭上刨草药，二妮子忽然气喘吁吁地跑上岭来喊："蛾子，快！你家出事了！"

娘听了惊得"咯噔"坐倒在地，眼泪像断了线的珠子往外直淌。蛾子甩下镢头疯了似的跑下岭来。

村小学的操场上已被围得水泄不通，几个警察正朝北墙方向喊着话。

蛾子挤进黑压压的人群，一眼就望见了弟弟山娃。她的未婚夫狗大瞪着血红的双眼正惊恐地盯着四周，手里的菜刀在山娃脖子上闪闪泛着寒光。

蛾子被如此惊险血腥的场面吓蒙了，咬着嘴唇儿流着眼泪慢慢摊倒在地上。

醒来时，蛾子看见一张英俊帅气的脸，是个大个子警察小伙儿正拿着笔记本向她问话："醒了？没事吧？你是狗大的未婚妻，有几个问题需要你证实一下。"

蛾子委屈地泪如泉涌："俺不是他未婚妻！俺娘的眼都让他打坏了，哪里还有钱还他的财礼……"蛾子这次话还没说完，就晕倒在大个子警察怀里。

蛾子再次醒来，天快黑了，屋子里光线阴暗。但她竟看见娘抱着睡熟的山娃在流眼泪！难道是梦？不，蛾子掐疼了自己大腿。且分明看见弟弟山娃脖子上那一道一道的血痕。

蛾子听娘讲才知道，她错过了刚才那场惊心动魄的场面：

狗大索要财礼逼婚不成，正想持刀劫持山娃逃跑时，那个大个子警察突然从北墙后翻过来，出其不意在半空中亮出一个飞脚，踹掉了狗大手里的菜刀，一招之内就成功解救了山娃！可那狗大也不是好惹的，穷凶极恶趁大个子还没站稳，狠狠一个扫堂腿将其撂倒在地后，独自一人奔上北岭仓皇逃去。

蛾子的心，揪得紧紧的。她想起了那个大个子警察小伙儿：身子高瘦，手指细长，脸白白的，说话也还稚气……

半夜里，起了风。不久，雨珠子噼里啪啦砸下来，山里头黑得吓人。蛾子不困，躺在床上烙饼似的翻身时，猛听见有人急促地敲门！

娘也醒了，两人紧紧抱成一团儿哆嗦着想起了日间那个恶棍。

"大娘开门！大娘开开门！我们是公安局的！"

蛾子一听，这才跳下床去赤脚开了门。

是村主任领着两个警察来了。蛾子的预感一点没错，果然有一个就是他！她偷偷望了一眼那大个子，湿透的警服紧贴在身上，精神的短发也显得稀疏了。

村主任烦躁地脱下衣服拧着水说："看你们家住的这破地方，下了车还得走老远！他爹死的早，人家公安上不放心你们娘仨儿，说是要在这守上一夜，怕那畜牲再折回来！"

娘连声谢着，要去下红糖水。蛾子呆呆站着，本想去提壶热水，却不知怎的抓起了墙角的那把破伞。

村主任穿上家里的雨披走了，大个子警察温和地对娘和蛾子说："你们快去里屋睡，担惊受怕一整天了，我们在外屋守着就行。"

进了里屋，蛾子的心却扑腾腾得老不安生。大个子长得可真高，蛾子估摸自己就是垫起脚来也还够不到他的肩窝。他的腿可真长，坐在外屋的马扎上，会不会蜷得慌？他真能整整一夜不合眼，就那么守着？

后半夜，大个子突然在外屋剧烈地咳嗽。蛾子困累交加突然惊醒，发现同铺睡着的山娃也正烧得厉害！

一通慌乱，又是大个子安慰了娘，搓着山娃的腚锤儿背起他，和蛾子一道儿去六里外的村医务室。

雨仍淅淅沥沥下着，夜浓得像涂了墨汁。山路又窄又陡，烂泥让大个子的皮鞋包裹上了一层厚厚的翻浆还老是打滑。蛾子就有点开始恨那个总坐着，连一句话也不讲的警长了。就把伞都挪向了大个子那一边。

五六里山路走下来，蛾子紧跟大个子走得七扭八歪，而大个子的喘气声也赛过了山坳里的风吼。

敲开了医务室，蛾子攥着拳头，一边安慰打吊针的山娃，一边不时抬头揪心地望着大个子。大个子一顿咳嗽，偶尔抬起头与蛾子对视一眼，便微笑一下露出满口的白牙。

时间悄然变作了窗外的雨。时而缓慢，时而湍急……

等犯罪嫌疑人狗大被抓获归案，已是这年枫叶飘零的秋天。

蛾子的草药攒够了整整一备篓筐，她高兴地进城赶集卖药时，在县公安局的大铁栅栏门前徘徊了好些时候。

大个子出来了。当了警长的大个子坐在面包车里望了蛾子一眼，没认出她来。

敬礼

加班过了饭点，转道回父母家吃饭。

到家，不见父亲。问起来，母亲说："正从烟台往回赶呢，还有半小时就到，正好你陪他喝一盅。"

我爽快地应了，边看球赛边等。哪料两小时过去，父亲仍没回来。

母亲着急地拨了几次电话，父亲手机一直关机。

"或许是没电了。"我不停安慰母亲，心中也很牵挂。

终于，父亲零点时回来了，浑身倦怠。

母亲立即去厨房里热菜，而我端上杯热水好奇地问："怎么这个点才到家？"

父亲干咳一声："本想省点钱，回来时没跑高速。"

我说："那也用不了这么久啊，听妈说你们八点就到潍坊了。"

父亲语气仍很低沉："路上，遇到两个拦车的。"

这时，母亲端着菜上前嗔怪："现在都什么年代了，你也敢停？"

我也问："是什么人在半夜里拦车？"

父亲说："俩年轻人，我以为是车在半道上坏了，想帮把手。"

听到这，母亲更气不打一处来："帮把手？你忘了去年夏天我们在北环路散步时，你被一辆摩托车撞倒，摩托车停都没停就窜了，我当时站在路边一连拦了十几辆车都没有停的，打出租人家都嫌血染了座位没人愿意拉，最后还是碰到熟人才把你送进了医院！你都忘了？"

父亲听了默不作声。

我趁机倒上酒和他干杯："爸，妈主要是担心你。话说回来，你会修车吗？"

父亲没端酒盅，却叹了口气，说："那俩人不是车坏了，是打劫。"

打劫？！我和母亲顿时吓了一跳，一时都不知道该说啥好。

等母亲上上下下把父亲打量了个遍，才又问："人，没咋的吧？"

父亲摇摇头。

我突然反应过来："怪不得手机一直打不通，值钱东西一定都被劫走了？"

父亲点点头，又再次摇摇头。神态愈加疲惫。

我们都不忍心再打扰父亲了，经历了那种事情，相信谁都不想再去回忆。

可父亲沉吟良久，自己开口了："手机是我自己关的。你们放心，我和司机小许都没事，被劫的财物也都拿回来了。"

母亲如释重负，重又恢复了唠叨："我说什么来着？这些年你走南闯北也算老江湖了，怎么连这点警惕心都没有！"

我却半信半疑，开玩笑地问："爸，难道歹徒是女的，专门劫色？怎么可能不抢钱？"

父亲依次看了看我和母亲，然后说："一切，都因为一个敬礼。"

"敬礼？"

父亲知道我们听不懂，随即开始解释："那是段上坡路，没有路灯，而且很颠。我们刚一往上走就发现坡顶右侧停着一辆熄火的车。车旁站着两个人，一个在向我们招手，而另一个，向我们打了一个敬礼。"

"在漆黑的夜里，我们确实无法判断他们的身份。小许很机灵，把车开得飞快，车子嗖的一声就驶下坡路，把两人抛在身后。按说，我们该继续行路，可是我又让小许把车子开回去了。"

父亲顿了顿，接着说："不知怎的，我就是忘不了那个敬礼。虽然那只是个深黑色的剪影，可它非常标准，并且随着我们之间的距离和角度变化，那个敬礼人缓缓转动着身体，姿态非常优美，一看就让人觉得，他要么当过兵，要么就是个警察。我早年当过兵，儿子是警察，我觉得只有这两种人才可能打出那样的敬礼动作来！而士兵和警察，永远是可以信赖的两种人。"

"就凭一个敬礼，你就让车开回去了？"母亲尤有疑问，"那是辆警车？"

"不是。"父亲回答，"我当时也想为什么他们不打110求救？可生活中，我知道最不喜欢打扰110的人就是警察了，他们出警帮助别人义不容辞，可自己需要帮助时绝不轻易给同行找麻烦，因为他们知道出警资源很宝贵！我想我要是能帮警察一回，该多好……"

我说："可你判断错了。财物没丢又是怎么回事？"

父亲脸色终于有些放晴："我们下车后，对方手持匕首立刻搜光了车上值钱的东西。可紧接着，他们问了我一个问题：为什么我们会去而复返？"

突然，我有些开窍了："劫匪听了你的解释，竟然良心发现？"

父亲笑起来："差不多吧！那是兄弟俩，敬礼的是哥哥，高考前曾天天站在镜子前练习打敬礼，梦想就是报考警校。可随后发生的一场肇事逃逸案，让他梦想破灭并永远失去了父母。"

父亲端起酒杯来说："这是兄弟俩连续第三晚出来作案，而我们是第一个上钩的猎物。我答应过他们，就此罢手，我愿资助，绝不报警！"

暴雨

　　那木刚刚翻下马背，忽见前方不远处腾起阵阵半丈高的烟尘，空气里随即充满了令人窒息的腥酸味。紧接着，一阵橘黄色的旋风斜刺里袭过，卵石般的雨粒噼噼啪啪砸落下来。起初，雨粒并不密集，但势大力沉。后来，如浇如泼，天地一片灿白。那木狼狈地缩进马腹下，不料枣红马仰天一记长嘶，蹄下踉跄几步就势卧倒，再不肯挪动半寸。

　　那木被马腹压得眩晕，但侥幸这是眼下荒野里最温暖的地方了。他禁不住用脸在黑暗中轻轻地蹭着马鬃，双手警惕地薅着此刻掩在裆下的绿帆布口袋。直到枣红马重新站起来，原地踱步，抖擞雨水，那木才发现暴雨已经过去了，不过尚未走远，就在他来时的身后两三百米处变本加厉。此刻，头上已经骄阳半露，那木陷在湿软的泥地里赖着不起，一泡热辣辣的马尿闪着琉璃的金光浇透了脑门。

　　那木扑棱蹿跳起来，才发现头上那盏黑色的执勤帽没了，但腰里的54手枪还牢牢别在那儿。再出发前他特意转到马屁股后，检查了那个鼓鼓囊囊、上下齐宽、顶口夹戴了"条凳"型长锁的绿帆布口袋，发现口袋由外到里都是干的，这让那木满意地对着马腚笑了笑。马似乎很有感应，甩甩尾鬃示意领情，高扬头颅提醒继续前进。

　　那木皱眉望望前方的泥泞，忽然发现拐向临近一条山沟的土路上布满了浓稠的马蹄印和马粪。这一发现，让他大为惊讶且改变了主意。他牵起马缰绳直奔山沟而去！山沟里此时蒿草遍地，栗子树高大密集。艰难行进的那木，不得不一次次给自己打气：路虽是第一次走，但他清楚地知道它能快速地通向哪儿。

可那木错了。旧历八月中旬，满山遍谷的栗子树正处在旺盛的熟果期，那种氤氲不散又浓得化不开的栗子花香直熏得人和马都醉眼迷离。那木头昏脑涨，几次险些失脚从陡坡上跌落下去，而枣红马沉重的喘气声和回音，搅动得整个寂静的山谷渐渐有些阴森恐怖。

那木看见两间隐蔽在沟半腰树丛里的石房子时，力气和意志似都已经虚脱。牵马走进院落，那木发现有两位老人正在漆黑的屋子里席地而坐，一声不响地剥着山坳里收获的黑毛豆。

"你是公家人？"老妪乍见那木有些惊慌。

"怎么上这来了？"老汉背对着那木问。

那木望望墙上挂着的熊皮和双管猎枪，下意识攥紧手中的口袋："路过，走岔道了。两位老的，有吃的吗？我买。"

老汉依然坐着未动："我认得你，你隔几个月就去山那边给下矿的劳力送钱，这是自找苦吃。"

"没办法，他们不认存折和银行卡。"那木回答，"我们也正在想办法。"

"锅里有毛豆，炕上有水，吃完了快走吧。"老妪眼神里已经没有了抵触。

那木点点头，环视寒酸简陋到极点的屋子，边脱下半袖警服拧着雨水，边去炉灶上抓起尚有余温的毛豆剥开往嘴里搋。

"栗子树是你们的吗？靠什么收入？"那木狼吞虎咽。

老妪停了动作，定定望着他："哪有收入？人和马都吃不饱。你……多大了？"

那木回答清脆："刚过了生日，三十二了！"

老妪"哦"了一声："吃点垫垫快走，还有雨。"

那木应着，去炕头喝水时，悄悄在碗下压了五块钱。

"这沟叫'迷魂沟'，以后记住，别从这过了。"那木临走，老汉也没回头。

再下沟的路就平缓些了，那木骑上马仍被栗子花熏得晕头转向，一直虚弱地趴在马背上。突然，马像嗅到了什么，飞快地撩起四蹄，小跑着冲进一条溪流。

枣红马低头畅饮，猛然间却浑身一颤！抬起头来不停地甩头喷着响鼻。那木背后也立时窜起一股凉意，他很清楚马这样意味着什么。果然，他迅速发现了前方不远大栗子树背后的阴谋。

那是一匹棕色的矮马，马上的人却又高又壮。那木尚来不及掏枪，对方的枪先朝天响了。

"把口袋扔过来！"说完，枪管对准了那木，显然对方是个亡命徒，如此近的射程，那木明白若不丢钱就得丢命。

可那木是个警察。那木输的是时机，却不是胆量和职责。等那木也举起枪时，对方枪声却再次砰然轰响！

那木刹那间伏向马背，却发现对面的壮汉竟已仰头栽倒。矮马发出一串凄惨的嘶鸣。那木忽然想起自己匆忙中连枪保险都没能打开，却怎么也搞不明白眼前到底发生了什么。

这时，一条黑影从那木马下经过，径直走上前去，抱起歹徒扔在矮马背上，然后牵马朝这边走来。那木从没见过这张脸，但却认得他的背影和他手中那支双管猎枪。

"谢谢……大伯！不过，你得跟我回一趟派出所……"那木心有余悸地说。

"不用了，以后别再走'迷魂沟'，你来的消息是我告诉他的。"老汉经过那木，面无表情："他是我儿子，死不了！"

那木呆呆地、吃惊地望着老汉的背影，还有棕色矮马背上那名壮汉眼中的熊熊的恨。

刀剑笑

一九九九年秋天，我实习的最后一个月，由城区派出所调往刑警一中队。

只身报道那天，忽见满院子警察围成一圈热烈鼓掌。

我当即惊得脸红心跳，却又发现他们统统背对着我。

我急忙上前，但见人群中有一壮汉，身高接近一米九，体重至少二百六，面圆耳大鼻直口阔，一双卧蚕眉稍显滑稽，满脸络腮胡煞是霸气，说话震得人耳膜轰鸣。

"怎么样？怎么样！"壮汉环视四周，一脸挑衅。

原来，这是刑警们在审讯办案之余"课间休息"，利用院子里仅有的一副杠铃活动活动筋骨。方才掌声，是因那人仅凭单手就擎起了六十公斤的杠铃。

这时，人群里有人激将："这算啥？兄弟们找出三个最棒的来和你挑战！看看是谁赢？谁赢了谁请客！"

众人纷纷响应，连我都跃跃欲试。哪料壮汉一口回绝："别费那事！你们最多的不就举六十个？今天手上正好没案子，我给你们举个一百八！"

这话让提议之人无比兴奋："好！大家作证，你也别举一百八，举个整二百，从明天起我连续三天请你下馆子，要是举不起来，你请我们大家连吃三天！"

话音未落，壮汉那边早已脱了外衣，光着膀子抓起了杠铃。

——这就是我的偶像齐队，给我的第一次下马威。

后来，我曾偷偷举过那副杠铃，令我崩溃的最高纪录是：四十七个。

可那天，我眼睁睁看着齐队举了整二百。当时齐队的脸和脖子，甚至胸脯都紫了，是我第一个跑上去搀扶他进屋。事后，我们就分在了一个探组。

不过第二天，也就是打赌输了的崔队准备请客时，齐队却没来上班。听说是请了病假。第三天也没来，第四天同样。到了第五天，齐队来了。大家都知道是怎么回事，可没有一个人敢拿这事说笑。

唯独崔队略带歉意地跟齐队打招呼。虽说请客早已过了时限，可齐队劈头一句，就让崔队把客请了："人家小纪刚来，接接风总可以吧！"

那场酒后，我就跟着齐队办案了。齐队人高马大，说话赛放鞭，打鼾如滚雷，做事像风吹，穿一身全局最大号警服，开一辆过了报废期的破"仪征"警车，车载录音机里永远都是激昂的刘欢。相比之下，我是个十足的小跟班。

一天夜里，齐队把我从被窝里拉出来，开车就走。原来他得线报，有个逃犯回家了。齐队径直把车开进深山，停下塞给我一把手电让我跟着他走。那夜黑得让人压抑，风刮像在脸上割肉，山像张牙舞爪的魔鬼。我死死跟着齐队，半步也不敢落下。

齐队却轻车熟路，带我在蜿蜒山路上疾走，不知何时还拎起了一棵道旁的枯树。走不多时，忽听四下干草丛里一阵窸窸窣窣响，竟有七八只恶狗猛蹿出来将我们围住，龇牙咧嘴狂吠如狼，眼见就要飞扑上来。

我正吓得筛糠，齐队大步跑进一侧果园，将狗统统引向自己。我手电照处，只见齐队摆开弓步，怀抱树冠，将树根舞得夹风带响水泼不进，那架势活脱脱像极了倒拔垂杨柳的梁山好汉鲁提辖！蹊跷的是，恶狗们并没真的挨揍，却都落荒而逃！

这招令我大开眼界！随后我们冲进山上那户独门独院。屋里床上只有祖孙俩，老太太闭目不语，小女孩儿却冲我们喊："警察叔叔，俺奶奶得了癌症，俺爸爸没回来！"

这话有些多余。齐队径直走到里间门口大吼："陈刚，你给我滚出来！"话音震得门框上尘土乱飞，接着就听到有人从里屋连滚带爬地出来了。

齐队揪住逃犯就走，我抑郁地跟到山下，刚刚想通法不容情的道理，不料齐队转身掏出仅有的二十块钱，让我原路送回去！

我心里又惊又喜又暖又怕，但还是顺手抓起一条棍子，撒腿就往回跑。

半山腰上，我和那群恶狗再次遭遇，一番抢棍成功退敌后，我忽然茅塞顿开：原来人跟狗斗，与跟坏人较量相似，都需要必胜的信念和强大的气势！你弱它就强，你强它就降……

我离开刑警队大概半年后，齐队就出事了。

那次押解人犯去看守所，搭档下车去办入监手续，齐队后脑忽然遭受重击，腰中"五四"被人一把抢走。原来，那人犯少年学武骨头奇软，偷偷把背铐从脚下挪到身前，抓住时机举铐袭击了齐队。

齐队天旋地转，一睁眼却发现枪管对准了自己脑袋，心道这回完了，下意识伸手去挡，可对方扣动了扳机。

往下的事儿，就是搭档回来把人犯给制伏了。再看齐队，浑身湿透，没死成却虚脱了。——枪，始终没响。齐队粗胖的中指竟插进了扳机内的空挡，人犯拼命狠扣扳机，生生把他指骨卡碎，却没能成功击发。

多年后，齐队上网聊天，因废了一根指头打字奇慢，擅长"一指禅"。我在QQ里遇见，问他为什么网名叫"刀剑笑"？

齐队在那头捣鼓了N久才点出一行字来："枪都打不死咱，何况刀剑？哈哈！"

狙击手

老崔曾是特种兵，转业进公安前当过狙击手。

因此，老崔枪打得特别准。

准到什么程度？报纸上有过报道：一百米到五百米静卧射击，弹无虚发；两百米运动射，十五发子弹，三次换弹匣，立跪卧三种姿势，只需要五十秒；枪榴弹，两百米距离，误差不超过三米；八百米任何目标，目估距离误差不超过二十米。

数字可能有点枯燥。这么说吧，一台饮水机放在五百米外正常人根本看不清，可老崔却能把五百米外的一个苹果一枪打得粉碎。

老崔是怎么当上狙击手的？

据说，那过程相当魔鬼。

一开始，老崔当的是侦察兵，各项技能出类拔萃。眼看退伍时，上级下来选人。经过一番残酷比拼，老崔光荣入选。

等到了特种兵大队老崔却发现，选拔才刚刚开始。

全副武装跑五公里、十公里越野；夜间万米长河泅渡；野外无人区生存演练；疑难复杂敌情处置。一项项比下来，老崔硬是拼着尿血挺到了最后。眼睁睁看着几十条壮汉被逐个退回了原部队。

可选拔还没有结束。

接下来，是没完没了的高强度射击训练。先后与国内三十余种特种枪支及国外十余种狙击步枪耳鬓厮磨，直熟练到盲拆盲卸盲装盲打的境地。

然后是训练立、跪、卧、走、跑、跳等所有射姿，高处隐蔽低处潜伏等各类情境。打过十多万发子弹后，全团只剩下了他和老孙两人，而老崔已然接近崩溃的极限。

要当一名狙击手，就必须要突破极限！

老崔和老孙，一路比拼，轮番排头，难分难解。到底谁才是最优秀的？当然还得继续选拔。最终，教官给出了题目：距离五百米，射击一个透明玻璃杯。每人一发子弹，一枪定输赢！

两人摩拳擦掌，跃跃欲试，谁都不想在这最后关头认输。

可出人意料地，教官让他们先休息，何时比试再等命令。

两人暗中叫苦，从此吃饭方便随时都得竖着俩雷达似的耳朵，睡觉也不敢合眼得随时准备跳起来冲出去。

最后的比试，也最残酷。这点他们比谁都清楚。

可命令没有他们想象的紧急。五天后，就在他们自我折磨得筋疲力尽时，命令随着一阵响雷来了。

那个午后，狂风肆虐，暴雨倾盆。

老崔和老孙蛰伏在训练场上，不一会儿就被淋成了两条泥鳅。

这种鬼天气也能射击？透过瞄准镜看去，五百米外根本就看不见目标。

可比赛已经开始！

风声、雨声、雷声，老崔和老孙听而不闻。戴着薄薄的耳麦，他们耳朵里似乎只有彼此微弱的呼吸。一小时，两小时，三小时……他们都太了解对方，若在平时，五百米的距离，别说是玻璃杯，就算是子弹壳，也是小菜一碟。可在狂风暴雨中，偏差无法估量。

老崔越等身体越是发僵，稳定性也大幅下降，心里更是没底：先开枪，若是不中，对手就可以等风停雨息再悠然一枪，轻松取胜。但若开枪慢了，对手先发命中，自己便毫无机会。

打，还是不打？是抢先搏一把，还是等待命运眷顾？

他们都太想取胜，对一名步兵而言，狙击手，是最危险的职业，却也是最崇高的荣誉。

而眼下，才是最可怕的较量！

雨势丝毫未减。老崔心下一横，轻眨一下眼睛，手指预压扳机，感觉就像提着气往针眼里插一根头发丝。

就在一大颗雨滴即将从眼幕上滑落的一刹……

"砰！"

枪响了。

老崔兴奋地躺进泥地里向天振臂，而老孙的子弹没能打出去。显然，他们都从耳麦里听到了玻璃破碎的声音。

老崔爬起来，一把拉起老孙，彼此拥抱。残酷的比赛，终于在分秒之间决出了胜负。

教官也走过来，先是和老崔紧紧握手，没说什么。然后是和老孙握手，却说出一句石破天惊的话来："恭喜，你赢了！"

老崔和老孙，当场惊愕。

这怎么可能？子弹烂在枪管里的人竟然打赢了击中目标的人？

教官无视两人的惊诧，兀自向前走去。老崔和老孙一肚子疑问紧跟其后，等到了目的地才恍然大悟。

五百米外，竟然连一块碎玻璃碴都没有。目标根本不存在！

暴雨中，教官依次盯着两人的眼睛，一字一句说道："我们选拔的是狙击手，不是刽子手！"

两人如梦初醒。老崔正无地自容，教官却拍拍他肩膀说道："能走到今天，你也是名优秀的狙击手。耳麦里的模拟声，不是欺骗，而是为了不摧毁你今后击发时的自信！"

就这样，老崔开始了他的狙击手生涯。不过，他是第二狙击手，也叫狙击副手。

他输得心甘情愿。

抢粮

一九六○年深秋，一股来自太平洋上空的温热气流，在北半球西北季风的劲吹之下，一路翻滚奔涌，愈聚愈密愈重，最后在中国关东上空遭遇强冷空气骤降暴雨。

铺天盖地的暴雨砸向距离齐齐哈尔八十公里外的野地，将一支踽踽独行的人马冲得七零八落、东倒西歪。

我爷爷纪久成从半夜中惊醒，赤身裸体跳到泥地上伏耳静听，眼神中放射出前所未有的恐慌：屋子外比暴雨来得更猛烈的，将是一场彻头彻尾的灾难！

果然，纪久成刚刚撸上衣裤，屋门就被生锈的铁器胡乱地捅烂。瘦小的他霎时像跌进龙卷风里的一只苍蝇，被杂乱的人流席卷而出。

暴雨下，一个东北大汉搂住纪久成的肩膀低吼："我们来，啥意思没有，就是想借点粮吃！"

纪久成肩上吃痛，嘴巴哆嗦，两腿直抽。在他身后的农场粮仓里，正垛满了金山似的黄豆。可那是国粮！

冷雨浇得纪久成头昏眼花，霹雳骤然划亮他煞白的面颊。随后，一连串滚雷在半空中轰然爆炸！

我爷爷就是让这阵滚雷炸醒的。年仅十九岁的他是当夜农场里的唯一看粮人，他哪里见过这么大的场面？惊恐中他忽然开始想家，想他远在山东乡下的老母亲。

当然，也想起了老母亲常说的那句话——"张王李赵遍地刘，那都是些遍天底下的大姓"……

趁着雷声未停，纪久成抓起眼前的手臂就开始吆喝："哎！都来了啊？老张来了没有？老王来了没有？小李来了没有？还有小赵？老刘他没跟着一起来？……"

一统心虚地乱喝，出人意料的，竟有人用山东腔在远处回喊："他没来！"这句话，让人群一下子安静了。摁在纪久成肩上的手松了，逼住他前胸后背的铁锹撤了。又是一道霹雳闪过，纪久成从众人脸上看到了一种明显的沮丧。

纪久成哪敢懈怠？他开始上蹿下跳，大声吆喝众人避雨歇息。"原来有老乡来了，赶了那么远的路，说什么我也得管顿饱饭！来来来，大家伙帮个忙，咱们把大铁锅架起来！"

早已有人等得不耐烦了，跑上来就跟纪久成搬锅、抬米、劈柴、烧火……偌大的农场粮仓屋檐下，人群"轰"得乱了。

纪久成趁着乱子，飞快地向着场部急蹿。

一九六〇年的雨夜，黑如浓墨，风如刀削。五六里远的路，纪久成在草甸子上摔成了一条泥鳅。

睡眼惺忪的场长一听汇报，吓得直把半个哈欠咽回肚子里去。"来了多少人？""少说七八十！""多出咱一半？什么人？""远近穷地方的，仗着有山东老乡！""你怎么跑了？""我煮了一百斤大米……""一百斤大米算个屁！你赶紧回去稳住他们，天一亮我就给你记功！"

纪久成除了场长强有力的许诺，再没得到任何援助。他很想让那个许诺实现，可他又比谁都明白：要想稳住那帮抢粮的，自己的小命就得搭进去！

纪久成冲回吃米的人群里尖声高叫："刚才我向领导汇报了，实在很对不住！场里二百多职工床铺都不够睡，没办法让大家住下，你们吃饱了往南走，不远就是三号农场了！"

吃饱喝足的人们没有立即回应纪久成，却也有人叮叮当当地收拾行李。纪久成殷勤地为其跑前跑后，手里头紧紧攥住湿漉漉的马缰绳。最后，人群终于开始稀里哗啦地拔锚。

那一夜，我爷爷纪久成一直攥着马缰绳，在大雨中将抢粮大军送出了二十多里路。临分手时，天色渐白，冰冷的大雨虽丝毫未停，但他心里充满了一股火辣辣的幸福。

再往南走，的确有农场，这帮人不至于饿死。但是天亮了，谁都别想再乱来！纪久成深为自己的英明感到兴奋，回去时脚下像生了风，草甸子哗哗地向着身后倒退。

忽然，有人喊叫！纪久成转头回望，雪白的雨幕下追上来一撮黑影。纪久成好奇地迎上去，问是怎么回事。

来人站定了，大口喘着粗气，忽然手一抬就将铁锨狠狠插进了纪久成的大腿！纪久成的惨叫冲天而起，耳朵里却传进一阵熟悉的乡音："狗杂种你记住，这事可怪不得老乡我！"

栽赃

纪久成瘸后不久，就被农场发展了党员。

这在当时那批支边老乡中是唯一的特例。

接着，领导安排他到农场子弟学校守大门。

他兴致很高地就去了。

我爷爷纪久成这辈子，守了五十多年的各种大门，应该说还是有一定守门天赋的。

那座农场学校，他是仅有的两名党员之一。

另一名，是个姓付的校长。人长得浓眉大眼，身高马壮，满脸青胡茬子，来自大城市哈尔滨。用现在人的眼光看，那是相当酷！

我爷爷特别喜欢付校长。

他没文化呀，天生望着这类人亲。

付校长三十五六，娶个当地很小的俊姑娘叫小杭。喜欢喝酒，逢喝必醉，醉了就喊我爷爷"小瘌子"。

我爷爷虽不喜欢付校长喝酒，但他不说。有时别的老师议起来，他还常给付校长打打小埋伏。

付校长和我爷爷的关系就很铁了。

付校长常给我爷爷捎吃的，小杭做的饭很香呐，我爷爷吃得很恣。付校长还常大会小会地表扬我爷爷，说他人缘好、觉悟高。

有时候我爷爷夜里巡校，付校长也跟着一起巡。

大冬天，付校长巡到女教师屋里，就把一双大手伸进人家的被窝里去。

我爷爷吓得够呛，有心提醒，付校长却大手一挥："暖暖手！最多碰碰脚丫子，咋的啦？没事！"

我爷爷就觉得付校长这人吧，也好，也坏。优缺点都很明显。可俗话说"人无完人，金无足赤。"付校长也还算不错了。

但是我爷爷做梦也没想到，他会跟付校长突然成了死对头！

那年冬天，场校天井里屹立起好几座煤山。学校条件虽差，但场部供应了足够的煤炭。

那些煤炭，学校能烧三四个冬天。

一天晚上，我爷爷下班去见老乡。回来，发现有座煤山缺了一角。

大概有半铲车的量。

我爷爷纳闷：走时还好好的，是谁一下子用了那么多煤？

我爷爷一夜没睡。第二天一大早，公安特派员就来了。

我爷爷说："我昨晚上就发现不对劲了，没来得及报案。"公安身后跟着的是付校长，付校长走上来突然指着我爷爷的鼻子呵斥说："别装了！快说那几吨煤是不是你偷的？"

我爷爷蒙了。

"一直是你负责守门，现在煤少了你让我怎么跟学校交代？你敢说与你没关系？"

我爷爷鼻子直发酸，嘴巴颤抖着半句话也说不出来。

公安一走，他就像只困兽，拖着那条残腿在学校里乱蹿。最后，要不是碰上一位女教师，恐怕早就用裤腰带把自己挂上房梁了。

女教师一见我爷爷，直截了当地问："还找呢？脑子不好使？煤让付校长送人情了！还找啥、查啥？"

我爷爷的头"嗡"的一下就炸了！这女教师他了解，心直口快，从不说假话。她那双大脚丫子就曾狠狠踹折过付校长的一根手指。

可这怎么可能！付校长跟自己是啥关系？无怨无仇不说，还亲如手足！他能干出那事，却冤枉自己？！

我爷爷百思不得其解，甚至痛苦地假设，那点煤要真是付校长处理的，哪怕来跟自己商量一下！又何必惊动公安？又何必来栽赃呢？！

可女教师说得有鼻子有眼。我爷爷身上的血，终于咕嘟嘟地沸了。

第二天公安又来，当着所有人，我爷爷忽然手指付校长喝问："你为什么给我栽赃？我哪里有对不起你的地方！"

付校长神色开始慌张："我没说是你，不正搞调查吗？"

我爷爷绝望地质问："付校长，你回答我！明明是你干的，为什么要给你最亲的兄弟栽赃？！"

我爷爷不知道哪来的劲头，转瞬间就变成了一挺机关枪，突突突一阵抢白，付校长就架不住了。

那时候公安破案比现在容易，看看脸色就明白了大概。将付校长带回去，事情很快水落石出：的确是付校长把煤送走的。但不是给了亲戚、朋友，而是送给了一家远道路过的穷人。

那家八口人——胳膊腿脚没有一个囫囵的，最小的一个小女孩儿，脚丫子都冻掉了。

付校长压根就不认识他们。

追缴赃物时，公安很是费了一番脑筋。

后来，我爷爷还听说，付校长就连自己酗酒、摸脚丫子的事情也都交代了。从此被一撸到底，关了进去。

很多很多年以后，我奶奶小杭每每谈起此事，问我爷爷："你说当年，老付怎么那么干呢？"

我爷爷的头发全白了，总是不耐烦地打断我奶奶："胡扯扯啥呢？谁是老付？……"

滚鸡

说是滚鸡，其实滚的不是鸡。是一种本地人称作草山鸡的鸟儿。

天一立秋，那些家伙们就成群结队遮天盖日地朝着麻村南山扑落下来。而此时，以五奎为首的麻村人就开始坐在天井里拾掇鸡笼子了。

鸡笼当然是专为滚鸡用的。一色的嫩荆条编成，比一般鸟笼大，和29寸彩电外形差不多，正上方拴一个铁丝吊钩，吊钩两侧是两个用柳条扎成的竹筏样的小门。小门仰天朝上，只一头用草绳系了，利用杠杆原理在下方坠两块碎砖头，名曰：坠石。这样，两面柳条小门就布成了两个陷阱。

草山鸡这玩意儿，花花离离，伶伶俐俐，个头如拳，叫声清越。一飞一大片，一落一大群。入秋时节来，过冬之前走，捉了来，用砍刀剁成碎肉，煎了、炒了，香味能飘散好几个山头。

草山鸡吃得挑剔，爱啄高大柿树上成熟的烘柿籽，也爱叼草棵里一种名叫滚珠的果子。滚珠藤像迎春，果子一结一簇，非常密集，一颗颗像坡里红透了的小草莓。如果哪年草山鸡来得早，树上的柿子尚未熟透，那这种红彤彤的滚珠就是草山鸡们最爱的美味了。

所以，五奎他们总喜欢采了滚珠系在鸡笼两面小门的内侧，专等草山鸡来啄。一旦它们扑扑啦啦从天而降，争先恐后地扑到笼门上来啄滚珠，那么两面小门就会"唰"地一声塌下去，将草山鸡们一个不剩地滚进笼子里！这时候，它们惊恐万状欲再做挣扎顶撞，却已无济于事，因为小门早已因坠石的拉力关得严严实实了。

当然，麻村人五奎捉草山鸡还有很多种方法，比如用网拉、用盆扣、用枪点，但时间一长，它们就惊了，上套儿的少了。

在麻村，五奎之所以是一个捉草山鸡的行家。原因是他脑子活，肯费心思琢磨，还舍得下工夫。五奎怎么捉呢？他通常在每年立秋之际，先用粘网拉住零星的几只草山鸡，再从这里面精选出一两只羽毛成旧砖墙色的，特别能跳、能叫的，当"鸟引子"。麻村人赶这类鸟叫"护子"。这护子一旦进笼，就像浑身生了刺，躁动不安，蹿跳不停，叫声也格外响亮，往往刚把它们放进笼子，天上云彩厚的草山鸡就扇棱着翅膀扑下来了。甚至，五奎还试过，不在笼子上放滚珠，单靠护子引，就能惹得草山鸡成群成片地下来就擒。

不忙时，五奎老婆也会搭把手，帮五奎用长竹竿将鸡笼挑上高高的柿树。而五奎则躺在草棵子里一睡就是大半晌。暖暖的秋阳盖在身上，就像一层绵软的毛毯。

麻村有200来户人家，按一半人家有鸡笼、家家10个算，那全村得有2000余个鸡笼子。如此一来，一整个秋天，麻村人要吃掉数以万计的草山鸡。

早几年，麻村人短菜。五奎家就专门拾掇了草山鸡腌起来，伺候客人。甚至乡里来了人，听说草山鸡口味一绝，都要由乡干部领着进村找五奎去。五奎的脸上就很风光，赶上时节了，他还会提起鸡笼子现去山上捉活的回来下酒。

就在去年，乡里突然来了通知，说让麻村人去乡政府领钱。村人欢天喜地地去了。一问，才知道，钱是某个日本协会出的。日本方面说草山鸡系稀有鸟类，是属于日本国的，每年秋天南飞途径麻村南山作短停觅食，请村民们不要捕杀。

五奎第一个扭头走了。有领了钱的，回村即被五奎骂了个狗血淋头。五奎点划着那些人的鼻尖吼："狗屁！谁说草山鸡是属于日本的？领钱不是背叛祖宗吗？！"被骂者恍然大悟，赶紧回去退了钱。

转年立秋，大群村人扛着竹竿、提着鸡笼再奔南山时，猛然发现队伍里少了五奎的身影。去约，又被骂个人仰马翻。五奎扯着沙哑的嗓子喊："连日本人都知道护鸟儿，咱还不懂吗？现在日子好了，眼看草山鸡也一年比一年少了，行行好，都回去把笼子挂起来，让它们安心在这儿安家落户吧！"

村人哑然。年尾村委改选，五奎竟没费一枪一弹顺利当选。

五奎干村长，一改往日的邋遢懒散，而是作风正派，雷厉风行，切实尽力为村里干了不少实实在在的好事。走村串户的五奎，还有个经常爱到村人闲置的西屋里转转瞅瞅的习惯，一边指点着那些个蒙了厚尘的鸡笼，一边感叹着说："摘下来擦擦吧，扎这玩意儿不易，留着以后哄孩子玩嘛！"

炸狐

雪下了一夜，风刮了半宿。

早上起来，屋檐下悬一串冰溜儿，满世界一片灿白。

天寒地冻，对猫在山旮旯儿里的麻村人五奎来说，正是出门炸狐的好日子。

要说五奎也不是不想窝在热炕头，和老婆通通腿儿、拉拉呱，或喜滋滋地咪溜着几盅地瓜干儿白酒解解乏。山里人累死累活了一年，也该歇歇了。

可五奎有五奎的盘算。

五奎要忙活着出门炸狐。

麻村北山，一到冬天，野狐成患，成群结队浩浩荡荡地翻山串岭。灰狐远看像蹿动的风暴，红狐像飞翔的火焰。冰天雪地，它们是着急出来觅食呢。五奎对它们足迹的熟悉，就好像看老婆手指头肚儿上的斗和簸箕。

五奎是村里公认的炸狐高手。

五奎之所以炸狐，这里头还有个小道道儿。

五奎乃村里有名的孝子，全村数爹年纪最大，一百零六了。故五奎每次喝酒必邀老爹一块儿，上就上最好的下酒肴儿，一喝三天整。爹年纪大了，唯一的爱好就是抿点儿小酒，或由一只很老很老的黑狗陪着到坡里地头转转走走。

爹在村里是个宝呢，五奎的下酒肴儿又怎么能简略？

在麻村，别人喝一天酒，兴许只就半小碟咸菜，或一半个炸得胡里胡气的小辣椒。甚至有传得更悬的，说谁在家喝酒，屋里没舍得掌灯，下酒菜是上顿剩下的半条蚂蚱腿。那人每喝一盅，捏起蚂蚱腿在嘴里舔一舔，愣是喝了半宿。下半夜，许是醉了，手一松，蚂蚱腿掉了，赶忙趴地上摸索，等摸着了也骂上了："狗日的还能叫你跑了？明天三顿还全指望你哩！"第二天，这人嘴唇乌黑泛紫，肿得如猪嘴巴子，老婆凑近盘子一瞅，吓坏了，男人舔了半宿的菜肴竟是条蜈蚣！

扯远了。

再说五奎的下酒肴儿：二荤三素。在麻村，小葱、香椿、桔梗三样儿素，只要人勤快，都能种得收得。而二荤，炒山鸡和炖狐肉却不是人人都有口福的。尤其是这狐狸肉，冬天尤肥，扒了皮毛，用砍刀剁巴剁巴，扔大锅里添足了柴煮，香味能把人魂儿都勾没了。

可毕竟捉狐得有绝活儿！

首先雪下三尺深的时候，五奎就早早下炕悄悄出门了。五奎是外出看道儿呢，看那些花里胡哨的狐狸们夜里走的哪条道儿？将那些梅花似的一枚枚小脚印牢记在心。

其次，五奎就开始把自己关在屋子里炮制那些"炸肉丸子"。五奎先是用氮肥和硝酸铵自攒成炸药，然后用桔梗叶一包，丢进冷却的肉汤里一滚，再捞出来，放到天井里，任其冻成一个女人拳头大小的"炸肉丸子"。

最后，等雪终于消停。五奎就带着这些肉丸子迈着大步上山了。众所周知，狐狸大都沿着固定的道儿走，五奎就按牢记在心的狐迹撒下颗颗肉丸子。等这道工序完成了，就迅速掉头，脚印摞脚印地往回走。不是怕冷忙歇息，而是回到炕头上专心竖起耳朵来听动静。

有时候，一天夜里，满山遍野能响二三十炮。想那饿狐见了肉丸儿，就跟见了亲爹似的，扑上去张嘴就咬，结果就被炸飞了下巴。第二天，五奎自然收获颇丰。肩上扛的，手里拖的，全是沉甸甸的狐狸。

可也有时候，撒出去的肉丸子一颗颗见少，但响声却寥寥无几。这时候，五奎凭经验就知道是遇到老狐狸了，它们有的径直将肉丸子含在嘴里，却不撕咬，直到找块僻静处扒土埋掉了。但它们记性又出了奇的好，等来年哪天饿昏了头时，会再扒出来安全地吃掉。

甚至有时，狡猾的老狐狸一见附近有人迹即会望而却步，改道儿而行！慢慢的，五奎也就摸索出了在雪地上单步行走、掩埋脚印和在雪地里滚掷肉丸子。

总之人跟狐斗，最终人还是要远远胜出一筹的。

有一年，赶上荒年，麻村老少吃饭都极难。五奎在山上冒雪猫了三天，瞅准一只狐头，一心要炸趴它回来炖肉。

五奎雪后顺路撒下好几枚肉丸子，专心回家等动静。

结果第二天，就听见野坡里一阵爆响。五奎兴奋地赤脚蹿上山去，却发现咬了肉丸子的根本不是狐头，而竟是他们家的那只老黑！

老黑默默无闻跟了五奎爹大半辈子，没想到竟就这么去了。

说来也怪，五奎爹本来身子骨好好的，却因为老黑突然没了，一下卧床不起。没几天竟也撒手而去。临走，爹嘱咐五奎，让把他和老黑埋在一块儿，路上好做个伴儿。

五奎流着热泪埋了老爹。自此便断了炸狐的念头。

扫荒

扫荒说白了就是逮蚂蚱。逮蚂蚱为何不叫逮蚂蚱而叫扫荒呢？这还得从麻村南坡疯长的油草说起。

麻村南坡，地势平缓，光照十足，每年遍地长起一种能漫人腰际的荒草，也叫油草。这种草秆细枝蔓，生得繁茂，长得密集，根茎浑黄饱满，又耐干旱、活力足，像能榨出黄油来的作物似的。麻村人最喜欢割了油草烧火做饭，旺啊！当然最神的，还是油草能"招"蚂蚱。

油草招来的当然也不是普通蚂蚱，而是油蚂蚱。油蚂蚱有人也误叫牛蚂蚱，其实无论怎么叫，人人都能仅从字面上看出这种蚂蚱一定是个儿大、肉多的美味来吧？

对了，油蚂蚱不只个儿大、肉多，而且外表青黄，喜欢油草而又跟油草相像，且不爱飞跳，十分难找。要逮油蚂蚱，不拿荆条或树枝把它们扫出来，怕很难逮到。这就好比钓鱼要提前"打窝子"，捉鸟要事先"下套子"，要逮油蚂蚱，就得先把它们扫出草棵子来才行。

所以在麻村，逮蚂蚱（其实是逮油蚂蚱），也叫扫荒。

"二狗子，干啥去？""扫荒去，逮它几个油蚂蚱下酒！"

"三叔，扫荒去吧，闲着也是闲着！""走，上南坡！"

"扫荒去啰！走啰！谁去晚了没有啰……"

你听，你听听，村里不时就有人吆三喝五地跑去南坡扫荒。那个年月穷呢，不像现在，蚂蚱被成碗成盘地端上酒桌，筷子都不怎么想动。那时候一人逮它十几个油蚂蚱用油草一穿，到家丢锅里用油一炸，那个酥啊、脆啊、香啊！你吃过吗？没有？那太遗憾啦。

过去，一到秋天，赶上好天，麻村男女老少都要去南坡忙活。男人刨药，女人割草，老人放牛放羊，娃子们满山乱跑。不过，所有人都能忙里偷闲扫它一阵儿荒，逮它几串蚂蚱。漫山遍野里，人语喧响，笑声起伏，简单而又快乐，繁忙而又充实。此情此景若是让一个写实主义画家亲眼目睹了，准能作出一幅热闹生动的好画来！

麻村扫荒时的故事，能有一箩筐，这里单讲五奎家里那个。五奎媳妇宝莲是从外村嫁过来的，可不容易。那时候谁家有闺女不愿往富裕的地方嫁？可五奎就有那个福分，生在穷地方，却赶集时认识个俏姑娘，一来二去，真就领回来了！

可麻村人也只羡慕了几天，宝莲的肚子老不见动静！在过去，这还了得？五奎脸上就挂不住了，就吵。甚至还动手打宝莲。幸亏宝莲性子好，只是偷偷躲在灶前抹眼泪。

有一天两人再去南坡。五奎刨药，宝莲割草，周围都是些活蹦乱跳的扫荒的光腚娃子。宝莲割着油草，听着娃子们的叫闹，心情渐渐沉重，竟觉得也有把镰刀在心底一刀刀地狠剜！宝莲眼泪就止不住地流了个痛快，眼前一片模糊，连油草根扎人钻心的疼也顾不得了。

突然，宝莲就看见镰刀底下猛的蹿出个大个儿的油蚂蚱！这油蚂蚱大得出奇，遍身青黄，饱满多肉，肚皮泛白，兀自在镰刀底下挣扎跳跃个不停，宝莲赶紧擦干眼泪，就手捉住了，起身去找五奎。

五奎也在扫荒，听见宝莲喊："哎，我逮了个大油蚂蚱！"迈腿就往这边来，却早有一群光腚娃子急猴猴地跑上来争抢。"看！"宝莲兴奋地举起油蚂蚱，一个娃子接去却立即"哇"的一声惨叫！宝莲摇头笑问："大吧？吓着了？"

五奎快步走到跟前，捏起大油蚂蚱细看，不料竟也"啊"的一声惨叫丢掉！径直拿两眼紧紧盯着宝莲。宝莲被盯得发毛，想问这是怎么了，一个大男人还怕蚂蚱？低头一看，这才发现，躺在地上的哪里是什么蚂蚱？竟是自己一根断掉的小拇指头！宝莲眼前一黑，就跌倒在地。

　　村人火速把宝莲送往乡卫生院，后又转院，无奈路太远，又不通车，虽经全力抢救，手指仍没能保住。醒来的宝莲却没觉得伤悲，还朝着五奎笑。五奎却在病床前捂头痛悔，大骂自己以前是浑蛋！宝莲听着听着眼泪又落下来了。她忽然明白，五奎并不是不疼自己啊，他太想要孩子了！

　　可喜的是，这次住院并没白住，宝莲借机撺掇五奎一起查了身体。结果两人都没啥事，就是五奎有点小炎症。医生说，好治。

　　五奎就治了，结果回村没两月，宝莲竟有了！

　　宝莲生儿子那天，五奎又去南坡扫荒逮了蚂蚱回来。五奎对宝莲说："吃点油蚂蚱补补吧，小指他妈！"

　　宝莲乜了五奎一眼，笑了。

放养

　　山里头，别的不说，鸟多。

　　比如说"哑篮子"，这鸟飞得极高，高得只见一个点儿，可叫起来抑扬顿挫，能勾人魂儿；比如说"滴滴水子"，这鸟极小，只麻雀一半儿大，可叫声神奇，它"滴水——滴水——"地叫，那就是要下雨，它"晴天——晴天——"地叫，那离天晴就不远了；再说"黄毛篓子"，叫起来就更是如丝如簧，悦耳无双，恐怕要算是山里头长得最耐看、叫得最动听的鸟啦！它怎么叫？"黄毛篓子吃樱桃——黄毛篓子吃桑葚子——"大体就是发这种音，长不长？好听不好听？尤其在春天，尤其刚下过雨，你若能在桑园里遇见几只黄毛篓子，听它们欢叫，说不定你都能长寿！

好了，就说那年。那年，五奎才十二。小孩儿爱玩、爱闹、爱蹀躞。有天跟着老爹上坡回家路过南福家时，突然拔不动腿了。老爹催几遍，仍是痴痴不动，老爹上去再一巴掌，直扇得他趔趄几脚，"哇"地放声哭出来。

爹问五奎："你丢了魂咋的？不快走！"五奎哭着说："鸟！"爹问："什么鸟那么好看？"五奎用手指指南福家的院墙说："黄毛篓子……"

爹就放眼望去。南福家的院墙很高，但屋子地势矮，窝在坡底下。爹这一望就望见南福老婆金花正捏了几只大油蚂蚱喂一只鸟。这鸟有瓷碗大小，浑身金黄，正乖乖蹲在院子里的一棵楂果树子上让金花喂。可不就是黄毛篓子？！

爹哈哈一笑说："我寻思是啥好鸟？不就是一只黄毛篓子！不稀罕！"五奎却喊："爹，你快看，那鸟通人气儿！"爹再看去，果然那只黄毛篓子已经飞上半空，可当听到金花嘴里"车儿——车儿——"地几声轻唤，又乖乖飞回来，落在了刚才的楂果子树上。

爹蹙着眉说："你要想吃楂果子那好办，我给你要去，想要那黄毛篓子，肯定没门儿！那是南福逮了哄新媳妇的！"五奎听了就很不高兴，他才不稀罕那种熟透了还发涩，必须得歪着脖子硬往下咽的楂果子呢，他就想要那只黄毛篓子！

爹见五奎继续发愣，天又擦黑，扭起五奎耳朵就把他拽回家去！

打这，五奎心里便有了那只能听懂人话的鸟。五奎曾多次趁爹高兴在他跟前哼嗡着要，爹却呵斥："胡闹！你当黄毛篓子好逮？老窝专挑细枝儿做，扎得有二三十米高，你想要？我还想要呢！下酒是好玩意，只可惜爹爬不动树喽……"五奎听得直掉眼泪，一边两个姐姐却许愿说，等哪天让她们遇上了，一定给五奎逮一只黄毛篓子喂！

可许愿终没实现，姐姐们都嫁走了，轻易不回来。等得到哪年哪月？五奎就偷偷跑去了南福家。金花向来最喜欢孩子，就问五奎："你真想要？你保证不养死了它？"五奎当即发下毒誓："谁养死它谁是王八！"于是，金花就让五奎站到院子里看着，她张开小嘴，两手一扩，又"车儿——车儿——"地唤起来。

听到呼唤的那只黄毛篓子果然就不知从哪里飞回来！还径直落在了金花手上！金花一把攥住它，告诉五奎这鸟是两月前被南福捉住养到现在的，养长了就能通人气儿！五奎千恩万谢地跑回家去。

可五奎万万没有想到，鸟拿回去，刚一张手，就"扑棱"一下飞到了院前的大柿子树上。任是怎么叫唤也不下来。五奎学金花扫荒，逮了不少油蚂蚱回来引它，可它只是声声断叫，根本不理！

五奎急得没法，只好蹑手蹑脚爬上树把它逮住。一想起毒誓，又只得呆呆给金花送了回去。

本来，五奎以为和黄毛篓子的缘分就到此为止了，谁想来年春天他和伙伴去北坡拾柴时，又在一棵大平柳树上发现了一窝黄毛篓子！别人都不敢上，可就五奎大着胆儿往上爬！树梢越来越细，晃晃悠悠，忽然，鸟窝里飞出了一只大个儿的黄毛篓子，来回在五奎身边扑打翅膀。大鸟被惹怒了！五奎后悔爬上来却又倒退不得，眨眼间就被大鸟啄了十几下，疼痛难忍。伙伴们都吓跑了，只剩下五奎绝望地喊着"娘啊！救命啊！"可深山旷野，谁又听得见呢？

五奎终于够到了鸟窝，用手指颤微微地夹出一只幼鸟来，可随着"咔嚓"一声爆响，平柳树梢断裂，五奎被重重地摔在地上……

等五奎醒来，已是第二天清晨，奇怪竟没怎么受伤。五奎睁眼第一句话就问："我的黄毛篓子呢？"娘说："别提了，一直不吃食，大黄毛篓子也跟来了，从昨天到现在一直在柿子树上叫！"五奎望向窗外，果然就看到一只大黄毛篓子在细密的树枝间急叫："黄毛篓子吃樱桃！黄毛篓子吃桑葚子！"

五奎心忽然就软了，赶忙对娘喊："快放了小黄毛篓子！叫它娘也回去吧！"

五奎想，自己在最危险的时候想到的是娘，小黄毛篓子也一样啊！他不但要叫娘放了小黄毛篓子，还要上南福家去，瞒着金花把她的那只也要过来放掉！

金花站在天井里，"车儿——车儿——"地一阵呼唤，黄毛篓子果然又从远处飞落到了楂果子树上。

可这一回，还没等金花和五奎反应过来，就忽然有一只大狸猫从树顶蹿下来叼住了它，飞快地逃远了。

灾难

伐树那天，父亲回忆说，是一九五八年的农历腊月初一。

那天天一亮，生产队长孙斜固就站在秃鹫头似的麦场上高声传达公社最新指示，号召大伙儿用一天时间，把神秀宫园子里的那棵古柏伐掉！树叶树墩用来烧火，枝干则运进县城修建礼堂。

大家听了热血沸腾，纷纷为自己将直接服务县城建设而感到无上光荣。很多人开始往手心里吐口水，准备大干一场。他们都晓得道观里的那棵古柏，枝干虬耸，树冠庞雄，腰身粗得要十二个大人手接手才能环抱，据说已有两千年的树龄不止了。隆冬时月，它依然枝繁叶茂，苍劲挺拔，挥发出深邃的绿意。这在那个被砸得破烂不堪的园子里，是当时唯一完好无损的东西了。

队长随即派人从队部里抬出一张七米多长的钢锯，横在柏树底部，随后在人群里精挑细选了十四名精壮小伙儿，按一头七人分列柏树左右，剩余劳力则自觉围成一圈儿给他们打气。随着队长一声浑厚的低吼"开始！"十四名壮汉同时吼出了惊天动地的号子！"嗨哟""嗨哟"！一时间喊声震天，地撼山摇，伐树的气势丝毫不亚于当年打土豪分田地。

怪事就是在那一刻突然发生的！古柏干枯的树皮下竟然流出了鲜红色的汁液！如同骇人的鲜血，随着钢锯的深入，愈聚愈多，简直血流成河。那种场景令所有人心崩肉跳！

父亲说，他当时很想问问队长为什么非要伐那棵古柏？它已经很老了，就是不伐恐怕也活不长久了，为什么非要拿它来建设礼堂呢？

但父亲没问。因为父亲听到队长和众人的号子非但没停，反尔愈加激情豪迈震耳欲聋。

接下来，伐树的孙孬子忽然"哎哟"一声，趴倒在地上。村里懂医的孙万年上前一看，扯天一嗓子："完啦！腰闪断了！"

围观众人立即冲上去将孙孬子从钢锯下抬走。这时候队长孙斜固红着双眼冲着父亲大吼一声："小跑！你上！"父亲听了，立即甩掉上身的棉衣飞扑过去！父亲说，他当时甚至很感激孙孬子，正是孙孬子给了他一次晋升为整劳力的表现机会。

父亲说，他一冲上去握住锯把就把什么都忘得一干二净了，他只记得拉锯和喊口号了，他只记得眼前有一泓泓热气腾腾的鲜红的树汁越流越浓，直到在他屁股下结成彻凉的冰。

然而加上孙朶子，父亲他们十五个人整整干了一天，却只在古柏身上剁出了一条小缝。那条小缝究竟有多么小，父亲形容说，恐怕就连一只蚂蚁也钻不进去。

队长错误地估计了伐树的形势，只好宣布散工，明天接着干。父亲说，也就是从那天开始，爷爷破例允许他喝白酒了。爷爷认为，父亲既然已经加入了伐树的行列，那就理所当然应该享受到成年壮劳力的一切待遇。

第二天，所有人一走进道观，就全傻眼了。古柏树上的那条缝隙居然消失得无影无踪！这意味着昨天一整天的工夫全白费了！队长围绕大树足足走了三十多圈，最后无比失望地冲众人说，重来！

第二天，第三天，第四天……第十四天，父亲他们足足重蹈覆辙了十四次！他们在足足十四个白天里拼命地伐树，却在十四个第二天里发现他们的辛苦全又一次次付之东流……无论他们白天伐树有多深，第二天古柏身上的缝隙依然会消失殆尽荡然无存。

无奈之下，队长发动全村人开动脑筋，还是懂医的孙万年恍然悟出了真谛：这棵古柏年岁太久，恐早已成精！你白天伐它多少，它夜里就长出多少。要想伐倒它，除非一刻不停地伐！队长受到启发下了狠心：号令全队上下男女老少统统上阵，发扬革命大无畏精神不吃不喝连续作战誓把古柏树拿下！

经过两天两夜地连轴砍伐，古柏终于轰然塌倒，拐带将道观最后的颓垣断檐砸没在荒草丛中。父亲说，仅凭此一棵柏树的木料，当年就建起了如今尚在的县城老礼堂……

令人恐怖的是，从此以后，村里的灾难开始接踵而至！父亲说，凡是参与过伐树的人，除了他自己，包括孙朶子在内的十四个人，全部在随后的几年里离奇死去！孙红星是被雷劈死的，孙进步是被坡里的野火烧死的，孙正苗是忽然全身溃烂不治身亡的，孙有名是被天上掉下来的石头砸扁的，孙卫国是做梦被吓破了苦胆，而以凫水出名的队长孙斜固，则在河里洗澡时突然悄声沉了底……村里传言，他们都是因为冒犯了树神！

"只有我，"父亲说，"只有我参与过伐树，却一直平安活到了现在，而且儿子还破天荒地成为了一名作家。多少年以来，我一直等待着死亡或不幸的突然降临，但是什么坏事都没有发生在我头上，相反我们家的生活却越过越好，这实在让人搞不懂。"

父亲说："你一定要把这件怪事记录下来，有机会向高人请教，否则，我会死不瞑目。"

爱恨同眠

父亲的死，对戴暄来说，简直是场塌天大祸。

那年冬天，他才十四岁。突然就被人从课堂上拉走，去医院见父亲的最后一面。

父亲五官模糊，满脸血污，正躺在冰冷的手术台上，肢体已经僵硬。

戴暄完全蒙了，望着哭得死去活来的母亲，感觉就像在做梦。他一动不动地望着眼前这一切，突然一转身，狠狠跑掉了。

直到父亲下葬，戴暄都没有流下一滴眼泪。

他来不及。他还有太多太多的话想对父亲说。可是，已经永远没有机会了。

那个轧死父亲的男人名叫司长勇，是县柴油机厂的大货司机。从此以后，戴暄永远记住了这个名字。

他把这个名字，深深刻在墙角、地面、石碑、树干，以及所有他能默默发呆的地方。

他目光日渐黯然，成绩一落千丈。放学后再也不四处游逛，而是把自己一个人关进屋子里，忘我地玩一种投掷飞镖的游戏。

在那个塑料镖靶中心，有一个名字很快千疮百孔。

后来，戴暄只勉强考取了一所技术中专。毕业后，径直去了对口的县柴油机厂。这样，戴暄和司长勇就成了同事。

事情过去了好几年，知道内幕的人已经不多。但戴暄和司长勇内心里却永远有着隔膜。司长勇竭力回避与戴暄打交道，而戴暄却常故意创造机会与司长勇发生接触。

戴暄发现，因为当年的事故，司长勇早已不再开车，快五十岁的时候死了老伴，一个人干着全厂又脏又累的装卸。

可戴暄丝毫不感到宽慰，一想起惨死的父亲，他仍觉得气血翻涌。

戴暄还发现，司长勇极少参加酒场。即使参加，也总是沉默寡言，滴酒不沾。

每当这时，戴暄总会让自己喝得酩酊大醉，一边回忆着父亲的音容，一边用血红的眼睛瞪着身边那个当年酒后杀人的凶手。

两个人的较量，犹如黑暗中的潮汐，永无消停。

再后来厂子效益不行了，产品积压过剩，发工资像大便解干。同城一家机械厂前来挖人，戴暄凭技术是能跳走的，可临行前他突然放弃了。他忽然想到，如果他走了，司长勇岂非可以长舒一口气了？

接着，是已经走出阴霾的母亲劝慰戴暄："把你父亲的事放下吧？你也该找个人过日子了。"

戴暄听后冷冷地望着母亲，说："你要嫁人就嫁，别不尊重我爸爸！"

母亲无言以对，反复地叹气。不久，就嫁给了一个厨师。戴暄对此并不反对，但是一次都没有迈进过那个新家。

其实有人正暗恋着戴暄，一个名叫申玫的女同事对他就格外好。他工作时眼睛发干，她塞给他两支眼药水；一听出他感冒，她半夜跑出去给他买药；他来不及吃早饭，她早已为他准备好了饼干……

戴暄感到无所适从。十多年来，在他内心深处，除了惨死的父亲，就只有那个肇事的凶手！然而，他又发现这是个自幼失去父母，纯善而又孱弱的姑娘，一股柔情不禁油然而生。他忽然觉得母亲说得很对，是该找个人过日子了。只不过，他绝不可能忘记父亲！

一天夜里，戴暄下班，正遇上一伙流氓调戏妇女。戴暄血气上涌冲上去，混战中竟打跑了那些浑蛋，只是手臂被刀划破了。女孩感动地搀着他去医院包扎，第二天一早，就找到了厂里。

女孩很漂亮，但戴暄不喜欢。戴暄如实坦白，自己有女朋友。可女孩坚决并不放弃，亲自跑去找申玫谈判，并且给戴暄写了一封长长的情书。

戴暄觉得女孩实在无聊，但当他打开那封信时却结结实实地惊呆了。

女孩名叫司艳艳，竟是司长勇的独生女。

戴暄整整一夜没睡。第二天，他开始了与司艳艳的正式约会。一个月后，戴暄把司艳艳变成了真正的女人，并且带着她来到父亲坟旁，讲述了那个十多年前的事故。

司艳艳越听脸色越白，最后一头扎进戴暄的怀里放声大哭！戴暄把司艳艳狠狠推开去，大声怒吼："选我还是选你爸？现在就回答……"

司艳艳嫁给戴暄整整半年，就从没见戴暄笑过。

那天戴暄一到家却大笑不止，司艳艳好奇地问，戴暄满嘴酒气地回答："今天是申玫结婚大喜的日子，你知道她嫁给了谁吗？"

司艳艳满脸迷惑，她当然不知道，她只是看见戴暄的眼睛里，泪如雨下。